Elisabeth Zöller

Anna rennt

Elisabeth Zöller

ANNA RENNT

Gabriel Verlag

Für Peter

Zöller, Elisabeth:
Anna rennt
ISBN 3 522 30010 6

Einbandgestaltung: Christine Skobranek
Herstellung: Die Druckdenker GmbH, Wien
Reproduktion: immedia 23, Stuttgart
Druck und Bindung: Friedrich Pustet, Regensburg

6 5 4 3 2* 01 02 03 04

Am 8. Oktober 1955 stand in der Zeitung einer Kleinstadt im Westfälischen eine kurze Notiz: Auf dem Schulhof eines Gymnasiums in N. wurde bei einem Kampf zwischen zwei Klassenkameraden der Quinta (6. Klasse) einer von beiden so schwer verletzt, dass er noch auf dem Schulhof starb. Der Vorfall löste in Lehrer- und Schülerschaft tiefe Bestürzung aus.

1

Anna sitzt dort. Die dünnen Haare zu Zöpfen geflochten, das Gesicht angespannt und weiß. Porzellanhaut und traurige Augen. Blau. Schatten über dem Gesicht. Die Stimme gebrochen – wohl von der Macht ihres Gegenübers, aufgereiht wie zu einer Gerichtsverhandlung: der Direktor, sein Stellvertreter, Herr Brate, ihr Lateinlehrer und zugleich Klassenlehrer.

Die Zimmerdecke ist kalkweiß. Hartweiß. Fensterrahmen und dahinter der Himmel, verhangener Himmel. Schwarze Wolken.

Anna redet stockend: „Er lag schließlich am Boden, alle haben gedacht, der Kampf sei beendet. Sind weggegangen. Georg war alleine mit Helmut. Der lag am Boden." Sie zögert. „Georg hat sich noch einmal umgedreht, ich ging hinter ihm her."

„Also habt ihr ihn dann allein liegen lassen?"

Anna nickt. „Ja." Sie hat Tränen in den Augen. Der Direktor geht drüber weg.

„Und was habt ihr dann gemacht?“

Der Direktor fragt, als wenn er ahnte, dass da noch etwas gewesen ist.

Das aber ist das, was Anna nicht sagen will, was sie auch nicht sagen kann, jetzt, wo sich diese Angst einschaltet. Angst. Diese Angst …!

„Er hat etwas gemacht, er hat sich bewegt, das konnte ich sehen aus dem Augenwinkel, mehr nicht.“

Sie will es nicht sagen. Obschon sie sich im Innern völlig sicher ist, dass Georg dreimal getreten hat, einmal sogar gegen den Kopf.

Aber ist das die Wahrheit? Was man gesehen hat? Sie weiß es nicht.

Und der Direktor sitzt vor ihr. Erbarmungslos. Er fragt weiter.

Anna sagt es nicht. Sie wiederholt nur, was sie schon gesagt hat. Sie sagt es nicht. Nein.

Sie zuckt nur zusammen. Der, der neben dem Direktor sitzt, Anna sieht ihn im Gegenlicht, hat weichere Züge, zumindest in dem Licht, in dem sie ihn sieht.

Sie beginnt noch einmal: „Also, wir waren auf dem Schulhof, die beiden rangelten, sie stritten. Es mag auch Spaß gewesen sein. Ich war am Anfang nicht dabei.“

Wie eine Wand sitzen sie vor ihr, einer schreibt jedes Wort

mit, jedes Wort prangt dort auf dem Papier, es darf kein falsches Wort sein. Also Vorsicht!

Sie steht auf, sie taumelt fast, das Gegenlicht, die Sonne, die aufsteigt. Angst.

Die Wolken groß und dunkel. Die ganze Welt. Und dahinter immer wieder das Gesicht ihrer Mutter: „Kind, halt dich an die Wahrheit." Dazwischen gespannt ihr anderer Satz: „Bei Bekannten, halt dich lieber raus! Wir leben in einer Kleinstadt. Freundschaft geht vor Wahrheit. Was sollen denn die Leute sagen?"

Der dunkle Fensterrahmen. Dahinter der Himmel. Sie geht. Zurück in die Klasse.

Das Verhör ist zu Ende. Mathematik ist angesagt.

Anna geht hier ins Gymnasium, eine kleine Schule. Nur eine Klasse pro Jahrgang. Und wenige Mädchen.

„Für ein Mädchen lohnt sich das nicht", sagen viele, „die heiraten sowieso … und das teure Schulgeld und das viele Lernen. Das verdirbt die Mädchen."

In ihrer Klasse sind achtzehn Jungen und sechs Mädchen.

Ihr Klassenraum ist die Türmchenklasse. Ganz oben, die Klasse am Turm. Da kommen nur Klassen hin, auf die man sich verlassen kann.

Und dann so etwas! Bei einer so verlässlichen Klasse.

Es klingelt zur Pause. Frau Wolf klappt das Buch zu. Die Hausaufgaben sind schon aufgegeben. Alle gehen nach unten. Über die breite, geschwungene Treppe.

„Wie war's?" Hermann, ihr Bruder, zupft sie am Ärmel. Nur eben. Anna nickt, als wolle sie sagen: „In Ordnung." Dabei ist nichts in Ordnung.

Dann geht sie in die Mädchenecke hinter der Turnhalle und Hermann in die Oberstufenecke.

Sie packt ihr Butterbrot aus. Sie ist froh, dass sie es hinter sich hat, und auch wieder nicht.

Sie schaut wie von selbst zum Zaun. Da war es gestern.

Dorle spricht sie an.

Anna dreht sich um.

2

Als sie nach Hause kommt, gerade noch bevor sich der Himmel entlädt unter dicken Wolken und drückender Schwüle, steht die Mutter am Gasherd und macht eine Mehlschwitze. Sie schimpft.

Anna schleicht die Treppe hinauf in ihr Zimmer. An der Mutter vorbei. Aber da ruft die Mutter:

„Anna, bist du da? Kannst du nicht wenigstens ‚Guten Tag' sagen?"

„Mama", seufzt Anna, ist zurück aus dem Zimmer, geht die Treppe hinunter zur Mutter. „Guten Tag." Sie will die Tür wieder zuziehen.

Doch die Mutter sagt: „Deck eben den Tisch, ich bin heute Morgen nicht dazu gekommen. Du kannst das alte Tischtuch nehmen von gestern, Hans wird ohnehin wieder kleckern. Bei euch ist sowieso jeden Tag ein Tischtuch hin."

„Mama", seufzt Anna. Warum ist die Mutter immer so.

Draußen knallt es jetzt. Blitzt! Die Wolken schütten Regen aus.

Anna holt fünf Teller, holt fünf Gabeln, fünf Messer. Sie fragt: „Gibt es Nachtisch?"

Da, ein Donner. Anna zuckt zusammen.

„Was ihr immer für Ansprüche habt!" Die Mutter schüttelt den Kopf. „Ich komme nicht mehr damit zurecht, ich kann doch nicht jeden Tag für alle ein Dreigängemenü servieren …"

„Gibt es Nachtisch? Gibt es Nachtisch?" So äfft sie Anna nach. Anna kommt sich schlecht vor.

Der Regen platscht.

Das war doch nur eine Frage.

Und nach allem, was bei Anna heute Morgen war, fragt Mama überhaupt nicht. Dabei weiß sie es doch. Hat sie gar kein Interesse?

Hauptsache, es läuft alles glatt und keiner fällt auf. Mamas Devise: „Nicht auffallen."

Anna legt die weiße Tischdecke auf, sie dreht die Flecken so, dass sie an ihrem, Annas Platz sind, damit Mama nicht weiternörgelt. Dann legt sie Teller und Besteck auf. Aus der Küche steigt stechender Qualm. Wahrscheinlich ist Mama gerade die Mehlschwitze angebrannt. Dann wird Mama meist noch ungemütlicher. Sie muss die Tür schnell zuziehen, schleicht die Treppe hinauf.

Plong, plong. Der Regen tropft. Und Anna weint auf einmal. Sie sitzt auf ihrem Bett.

Ist es richtig, was sie heute Morgen gesagt hat?

Ist es richtig, was sie getan hat, als Helmut da lag? Hätte sie helfen müssen? Hätte sie den Georg, als er zum ersten Mal getreten hatte, stoppen müssen?

Ist sie schuld am Tod von Helmut, an allem, was passiert ist?

Sie sitzt an ihrem Schreibtisch, sie nimmt die Schürzenzipfel in die Hand, dreht sie in der Hand, beißt auf ihnen herum, knäult sie zusammen.

Sie hätte es tun müssen, sie hat es nicht getan.

Schuld. Schuld.

Und die Wolken hängen so dunkel.

Und hat sie die Wahrheit gesagt? Und niemanden kann sie fragen.

Plötzlich Mamas Stimme von unten: „Anna." Die Mama will schon wieder etwas. Anna soll herunterkommen. Aber sie will nicht!

Kinderwillen ist Katzendreck!

Kann denn Mama nicht sehen, dass sie zu mitgenommen ist? So etwas sieht Mama nicht. Mama sieht nur sich. Das ist das Recht der Erwachsenen. Kinder zählen nicht. „Kinder, die was wollen, die kriegen was auf die Bollen!"

Der Himmel reißt auf.

Herr Brate heute Morgen, der war nett zu ihr – später dann, in der Lateinstunde. Der war, als sie nicht zugehört hatte, zum Nächsten gegangen. Hatte wahrscheinlich gedacht, wenn ein Klassenkamerad gestorben ist, hat man andere Gedanken im Kopf als das, was hier im Unterricht geschieht.

Mamas Stimme wieder. Vielleicht will sie jetzt wissen von Anna, wie es war.

Nein!

„Anna. Essen kommen."

„Ja", antwortet sie.

Sie wäscht sich die Hände, das verweinte Gesicht. Dann geht sie die Treppe hinunter. Sie weint nach innen.

Alle sitzen um den Tisch. Das Tischgebet.

„Dieses Wetter", sagt Hermann. Die Haare sind pitschnass.

Hermann fängt sofort an zu erzählen: „Heute Morgen waren die Verhöre. Und ich habe gehört, dass es keinen Prozess geben soll, dass es bei diesen Verhören bleiben soll, dass das reichen soll."

„Obschon, es gibt welche, die sagen, es war Mord."

„Quatsch", sagt Hans, „die meisten sagen Kreislaufkollaps."

„So ein junges Ding", sagt die Mutter, „hat doch keinen Kreislaufkollaps." Anna ist sauer. Was Mama immer alles wissen will.

Sie essen schweigend weiter. Die Soße schmeckt, die Kartoffeln dazu, der Salat, den die Mutter noch eben angerührt hat. Grüner Salat mit einer Milch-Zucker-Soße.

Anna spart das Gute für den Schluss. Erst isst sie die Sachen, die sie nicht so mag.

Hermann macht es genau umgekehrt: „Wenn die Kommunisten kommen mit den Panzern, dann hab ich schon das Beste im Bauch." Er sagt es lachend und meint es ernst. Das mit den Kommunisten. Wieder eine Angst. Anna löffelt weiter in sich hinein. Das Gute am Schluss.

Draußen knallt der Donner.

Und Anna sitzt dort umzingelt von Angst. Vor Mama, wenn sie so ist. Davor, dass sie nicht das Richtige gesagt hat. Vor den Kommunisten. Angst. Angst. Angst. Immer ist das so.

Und keiner hilft einem.

Das ist auch immer so.

Anna ist allein.

3

Anna soll Sauerkraut holen und Blutwurst für die Mama. Zwei Mark sind in der Schürzentasche. Sie hüpft, sie hüpft immer höher und summt vor sich hin:

„Ich bin ein armes Mädchen,
hab ganz zerrissene Schuh,
und angestrickte Strümpfe,
was kann ich denn dazu?

Mein Schatz hat blonde Locken
und ich hab blondes Haar;
und wenn wir Hochzeit feiern,
dann wird's ein blondes Paar."

Anna lächelt, träumt vor sich hin. Vom Märchenprinzen. Das ist so. Davon träumen alle Mädchen. Und der Schatz, der rettet einen. Danach hat man dann nie mehr angestrickte Strümpfe.

Helmut hat sie gemocht. Der war so ein Prinz. Aber Georg auch: blond, groß, stark.

Doch sie wischt den Gedanken weg. Georg, der ist nichts für sie. Das würde Mama sagen. Da kann sie nicht dran klimpern.

Und trotzdem Georg: die hohe Stirn, die blonden, lockigen Haare. Die Kraft, die der hat! Und wie.

Anna mag ihn. Und doch wischt sie den Gedanken weg.

Das weiße Hemd, das er immer anhat. Sein Körper, besonders Hals und Schultern. Stark. Aber weg damit.

Helmut ist tot und den mochte sie. Und an Georg kann sie nicht klimpern.

Anna darf sich gleich Brause kaufen und Himbeerbonbons vom Rest des Geldes. Die dicken roten Himbeerbonbons, die die alte Frau Buskamp in dem Bonbonglas auf der Theke aufbewahrt. Zwei Pfennig das Stück. In einer spitzen Tüte mit blauen Sternchen.

Anna geht in den Laden. Kauft Sauerkraut, ein Pfund, kauft Blutwurst, ein großes Stück. Sie kauft Himbeerbonbons, mhm. Sie kauft Brause. Die kleinen Tütchen, die man dann in den Mund schütten kann und die so schön prickeln auf der Zunge. Sie steckt alles in die Tasche, auch den Groschen, den sie zurückbekommt. Sie geht hinaus, hört noch die Türglocke, die wie immer singt, hört noch Frau Buskamp, die sagt: „Und grüß schön die Mama!"

Und dann rennt sie nach Hause. Sie rennt. Die Wolken fliegen und Anna auch. – Fast. Windig ist es. Die Bäume biegen sich im Wind und spiegeln sich. Anna mag diesen Weg mit den Bäumen wie ein Dach und dem Bach darunter, der ruhig fließt. Sie hockt sich unter einen Baum. Niedrig, geduckt. So sitzt sie, wenn der Wind drüberpfeift. Etwas Geheimnisvolles ist hier. Etwas, was keiner beschreiben kann.

Von hier aus kann sie hinüberschauen zu den Nissenhütten hinten, Wellblechhütten, dicht an dicht aus dem Boden gestampft, hundert Meter entfernt. Da wohnen die Flüchtlinge. Auch Helmut hat dort gewohnt. Im Niemandsland zwischen der alten Stadt und dem Land draußen. Flüchtlinge, die da nicht bleiben konnten, wo sie gewohnt hatten. Die aber auch hier kaum jemand haben will. Flüchtlinge, unterwegs, die eine neue Heimat suchen. Auch Helmut. Und manchmal hat sie hier heimlich mit ihm gespielt. Heimlich. Natürlich. Wenn der Helmut dann zu ihr krabbelte unter das Blätterdach. Meistens hatte sie den Finger auf dem Mund, damit er schwieg. Damit keiner was hörte. Und dann saß er neben ihr. Helmut hatte die Beine angezogen und die Hände um seine Füße gelegt. So saßen sie da.

Helmut riss ein Blatt ab vom Baum.

Ließ es wegwehen im Wind.

Sachte fiel es zu Boden.

Ob er auch das gedacht hatte, was sie dachte in dem Augenblick?

Dass Gedanken fliegen können und Wünsche. Aber nur heimlich. Zu Boden fallen. Fuß fassen. Vielleicht hatte er genau wie sie sogar einen Kuss versucht. Aber nur ganz schnell und ganz heimlich.

Es war schön so zu sitzen, schweigend nebeneinander. Manchmal wurde man aber auch kribbelig, besonders wenn das mit dem Kuss war. Bis Helmut sagte: „Na, denn!"

Dann krabbelte er heraus aus ihrem Versteck. Manchmal hatten sich dabei ihre Lippen berührt. Wie von selbst. So war es am schönsten. Helmut kroch heraus.

Helmut war klein, zart.

Anders als Georg …

Aber weg mit den Gedanken!

Anna läuft heim, auf dem Weg begegnet ihr Helmuts Mutter.

Sie grüßt. Helmuts Mutter bleibt stehen. Reicht ihr die Hand. Sie sieht traurig aus.

„Wie war's gestern?", fragt sie, „ist etwas herausgekommen?"

Sie fragt, als ob davon ihr Helmut wieder lebendig werden könnte. Aber vielleicht ist das ihre einzige Hoffnung. Die Mutter schaut nach oben. Sie sagt in Gedanken: „Ob Helmut uns jetzt sieht?" Und dann dreht sie sich ganz zu Anna und sagt: „Du mochtest ihn doch, du warst doch viel mit ihm zusammen?"

Sie wusste es also. Ob sie auch von dem Blätterdach gewusst hatte?

Anna nickt. Anna weicht ihrem Blick nicht aus. Und sie hatte manchmal ein schlechtes Gewissen gegenüber ihren Eltern, weil sie jemanden mochte aus den Nissenhütten. Aber so ganz offen war das natürlich mit dem Mögen nicht, es war mehr versteckt. So wie man halt das Mögen zeigt, indem man rot wird, indem man sich anschaut, manchmal die Augen ineinander verhakt, die Blicke, für Sekunden, für Augenblicke, rot anläuft und vor sich schaut.

Und Mamas Stimme: „Was sollen denn die Leute denken."

Vielleicht aber hatte Helmut seiner Mutter etwas erzählt davon. Nicht so wie Anna, die schweigt. Anna weiß es nicht. Sie wischt nur plötzlich die Hände an der Schürze ab, gibt noch einmal Helmuts Mutter die Hand, greift nach ihrem Himbeerbonbon, als sei das ein Rettungsanker, und dann sagt sie: „Ich komme mal vorbei, später, ich muss jetzt schnell nach Hause." Läuft, als wenn sie weglaufen müsste, läuft, als wenn sie plötzlich davor weglaufen könnte: vor Helmuts Tod, vor der Trauer der Mutter, vor allem. Auf dem Weg sieht sie Georgs Vater. Aufgerichtet im dunklen Anzug schaut er um sich. Er ist zur Zeit der einzige Anwalt hier am Ort.

Wie hatte Papa gesagt: „Er vertritt das Recht, bekommt Recht und hat immer Recht." Und was hat er damit gemeint? Damals haben sie gelacht. Aber jetzt ist nichts mehr zum Lachen.

Georg sieht seinem Vater ähnlich. Groß und mächtig.

Anna fasst sich an die Stirn.

Sie läuft nach Hause, gibt ihr Sauerkraut ab in der Küche, bleibt dort stehen, schaut einen Augenblick versunken und rennt dann in ihr Zimmer, verkriecht sich in ihrem Bett, zieht die Bettdecke über sich. Wo ist Helmut jetzt? Was macht er? Warum ist gerade er tot? Und Georg. Warum hat er das getan. Sie weint unter der Bettdecke. Sie ist durcheinander und traurig.

Da ruft die Mutter von unten: „Anna, in der Tüte sind noch Himbeerbonbons, das sind doch deine.“

Aber Anna hört nichts.

Da geht die Mutter die Treppe hinauf. Sie lauscht an Annas Tür. Als sie nichts hört, klopft sie vorsichtig und macht die Tür einen Spalt auf. Sie sieht Anna gekuschelt im Bett.

Sie kommt herein, setzt sich auf die Bettkante und streichelt Anna über den Kopf. „Es wird alles gut“, murmelt sie dabei. Das tut gut.

Doch so, als erinnerte sie sich plötzlich an etwas, was noch getan werden muss, springt sie hoch, geht wieder fort. Sie schließt die Tür.

4

Einmal ist Anna sogar bei Helmut gewesen. Sie hatte Helmut auf der Straße getroffen. Helmut hatte sie dann gefragt: „Hast du Lust mitzukommen?“

Und Anna war mitgegangen. Eigentlich durfte sie gar nicht hierher, das wusste sie. Denn in die Nissenhütten, dahin ging man nicht. Die von dort kamen höchstens zu einem selbst, aber das musste schon genau überlegt sein.

Anna ging mit. Vor allem durfte sie nicht hineingehen. Sie liefen zwischen den Hütten her, vor der Tür standen Leute, erzählten sich. Anna meint, es sei ein Samstag- oder Sonntagabend gewesen. Auf jeden Fall waren viele Leute da. Sie grüßten freundlich, sie standen vor der Tür, redeten.

Anna hatte sich das eigentlich ganz anders vorgestellt. „Die Flüchtlinge wollen nicht arbeiten. Alle aus dem Osten nicht", das hatte Georg mal gesagt. Und auch von Bekannten ihrer Eltern, die zu Besuch waren, hatte Anna etwas Ähnliches gehört. „Die drücken sich doch nur vor der Arbeit und essen uns hier unser Essen weg."

Sie sahen aber ganz normal aus, wie andere auch. Fast noch freundlicher. Nicht so wie ihre Mutter, wenn sie böse war auf sie. So ein dunkles Gesicht. So etwas sah sie hier nicht. Aber vielleicht sah man das sowieso erst, wenn man länger hinguckte.

Helmut ging auf eine Tür zu, machte sie auf. Man trat sofort in eine große Küche. An der Seite standen Betten. In der Mitte ein Tisch. Hinter der Tür, versteckt, befand sich ein Herd. Helmut ging mit ihr nach hinten, durchquerte die ganze Küche, ging hinten in ein großes Zimmer: „Das ist unser Zimmer", sagte er zu Anna.

In dem Zimmer standen zwei Betten.

„Und in der Küche vorne?", fragte Anna.

„Da kochen wir alle", und dann wurde Helmut ein bisschen verlegen, „da wohnt noch eine neue Flüchtlingsfamilie, die jetzt gerade gekommen ist, deswegen stehen da seit zwei Tagen auch Betten."

„Und du wohnst hier mit deiner Mutter?"

Helmut nickte.

„Und wo ist dein Vater?" Anna hätte sich auf die Zunge beißen können. Warum hatte sie das gefragt. Das war doch peinlich. So was fragte man nicht. Aber Helmut schien das gar nicht peinlich zu sein. Doch er war ein bisschen traurig geworden und genauso klang seine Antwort: „Mein Vater ist nicht zurückgekommen, er war an der Ostfront." Sie hatten eine Karte bekommen. Und er wies auf eine Postkarte, die in der Schranktür klemmte, sie war schon ganz abgegriffen. Er nahm sie heraus und auf der Karte stand: „Mir geht es gut. Ich lebe noch. Grüß den Jungen, dein Herbert."

Die war von Helmuts Vater. Sie war drei Jahre alt. Jedenfalls wussten sie, dass er da noch am Leben war.

„Es gibt hier viele, die solche Karten haben", sagte Helmut, „die Hauptsache ist, man weiß dann, sie leben noch. Auf jeden Fall in dem Augenblick, wo eine solche Karte kommt."

„Und mit den Transporten jetzt und Adenauer und alles?", fragte Anna.

Von Tag zu Tag, von Woche zu Woche wartete man jetzt auf die Heimkehrertransporte, die aus dem Osten, aus Russland kommen sollten. Zehn Jahre nach Kriegsende wurden jetzt nach und nach endlich alle Kriegsgefangenen aus den russischen Gefangenenlagern freigelassen und mit den Transporten nach Hause geschickt. Alle, die noch lebten. Das verdankten sie in erster Linie Bundeskanzler Adenauer, der gleichzeitig Außenminister war.

Es gab also noch Hoffnung.

Helmut biss auf seinen Finger. „Ja, darauf warten wir. Vielleicht kommt er dann ja, mein Vater."

So stand Helmut vor ihr. Er war ein klein wenig größer als sie, hatte kurz geschnittene, dunkle Haare, immer wollene Hosen an, die seine Mutter wahrscheinlich selbst nähte, und ein kariertes Hemd. So stand er dort. So mochte Anna ihn, mit seinem schmalen Gesicht, den braunen Augen. Sie mochte ihn sehr.

Aber für solche Gedanken hatte sie keine Zeit mehr, denn genau in dem Augenblick öffnete sich die Tür und herein kam eine Frau, wohl die Mutter von Helmut. Man sah es sofort. Helmut sah ihr sehr ähnlich. Sie begrüßte Anna. Und Helmut sagte zu der Mutter: „Das ist Anna, meine Freundin."

Dass er das wagte: „Meine Freundin."

Die Mutter war sehr freundlich zu ihr, sie bot ihr etwas zu trinken an. Ob Anna das nehmen durfte? Ob sie denen das nicht wegtrank? Anna wurde unsicher. Es war hier ganz anders, als sie sich vorgestellt hatte, und trotzdem geisterten noch so Sätze durch ihren Kopf, die sie gehört hatte über die Flüchtlinge: „Die essen uns ja alles weg." Oder: „Die sind doch sowieso immer unfreundlich." Oder: „Die verkriechen sich doch nur." Hier merkte sie nichts davon. Und auf einmal, wie von selbst hatte Anna gesagt: „Jetzt muss ich aber nach Hause. Unbedingt nach Hause."

„Kommst du denn noch mal wieder?", hatte die Mutter gefragt.

Anna hatte nur genickt. Sie hatte feste genickt. Ja, sie wollte wiederkommen.

Und kurz darauf war das mit Helmut passiert. Ob sie jetzt noch wiederkommen sollte? Vielleicht grade, vielleicht überhaupt nicht. Anna weiß es nicht richtig. Sie rannte damals nach Hause. Hoffentlich hatte zu Hause keiner etwas gemerkt …

Aus Breslau waren sie gekommen, „dieser wunderschönen alten, gewachsenen Stadt", wie Helmuts Mutter immer sagte. So hatte ihr Helmut erzählt.

Die Elisabeth-Kirche, die Dominsel, die Jahrhunderthalle mit den weiten Flächen davor und erst mal der Zoo. Daran konnte sich sogar Helmut ein bisschen erinnern, auch wenn er noch ganz klein gewesen war. Der Paddelbootverkehr, Ausflüge am Wochenende.

Aber Breslau, die Hauptstadt Schlesiens, war zerstört worden, war zur Festung erklärt worden, es musste Platz geschaffen werden für die Lastensegler am Ende des Krieges. Und den Rest machten die Russen, als sie einmarschierten. Breslau, die schöne Stadt.

Und Helmut hatte von seiner Mutter erzählt, dass es für sie verschiedene Breslaus gab: es gab ein Breslau vorher und ein Breslau nachher. Und jetzt noch eins in der Erinnerung, wo sich alles vermischte. Das Vorher und das Nachher. Und das, wovor und wonach alles gewesen war, das war der Krieg.

Er hatte Einschläge hinterlassen, auch in den Familien.

Helmuts Vater. Er war nicht mehr da. Helmut war traurig, seine Mutter wahrscheinlich noch trauriger.

„Warum ist das so?", hatte sie immer wieder gefragt. „Warum ist das so?"

„Und warum trifft es einige und andere nicht?"

Und Anna hatte damals vor sich geguckt. Sie hatte daran gedacht, dass ihr Papa da war. Dass er immer da war. Und dass ihre Mama trotzdem so oft unzufrieden war. Dabei hatte sie doch ihren Papa neben sich. Und Helmuts Mutter, die stand hier allein. Die hatte auch kein Zuhause mehr.

Anna hatte schon fast ein schlechtes Gewissen. Stand ihr das alles zu, was sie hatten?

Und trotzdem, sie konnte ja auch nichts dran ändern, dass Helmut das alles nicht hatte. Aber sie wusste in dem Augenblick, dass sie ihn mochte: den Helmut.

Und sie wusste in dem Augenblick auch, dass sie Wut hatte auf den Georg, der den Helmut so oft hänselte, weil er kleiner war, weil er zarter war, weil er auch nicht gut angezogen war, sondern angezogen war, wie eben Flüchtlinge sich anziehen, die nichts haben. Auch wenn Georg so etwas hatte. Trotz allem.

Anna rannte durch die Stadt. Die neuen Häuser, die wenigen alten Häuser, die erhalten geblieben waren. Sie rannte, sie schaute an den Giebeln hoch. Wie lange musste sie noch rennen? War nicht alles ein ewiges Rennen? Und auf einmal musste sie lachen, sie rannte weiter, weiter, weiter, und während sie rannte, fiel auf einmal diese ganze Last von ihr ab. So machte sie das immer, so konnte sie das. Sie rannte nach Hause, sie klingelte, sie hatte ihren Schlüssel vergessen.

5

Und plötzlich springt sie hoch von ihrem Bett und rennt weg. Sie will in die Peterskirche eine Kerze anzünden. Sie hat noch einen Groschen in der Tasche.

Wofür will sie sie anzünden? Ein bisschen für Helmuts Mutter, ein bisschen für sich selbst, ein bisschen auch für Helmut. Und ein ganz kleines, kleines bisschen auch für Georg. Aber das ist vielleicht zu viel für eine Kerze. Sie seufzt. Fast wäre sie wieder verfallen in ihre Traurigkeit. Aber dann denkt sie an die Kerze – die hilft.

Auf einmal hüpft sie hoch, ganz hoch und ganz schnell über das alte Kopfsteinpflaster. Die Giebel der alten Häuser zu beiden Seiten scheinen zu schwanken. Und Anna sieht die weißen Mauern und die dunklen Balken dazwischen, große runde Eingangstore und kleine rote Häuser. Alles wirbelt vorbei. Die Haare fliegen, die Arme gehen vor und zurück am Körper entlang. Anna hüpft. Wieder an Frau Buskamps Geschäftchen vorbei, der Alten mit dem Sauerkrauteimer und den schmutzigen nackten Füßen hinter der Theke und den roten Himbeerbonbons im Glas. Bei Grafes, wo es die modernen Vasen gibt und die schöne Klingel, wenn man in den Laden kommt. Dann ist sie da.

Langsam öffnet sie die dunkle, schwere Tür. Kälte und Stille und Dunkelheit. Sie geht hinein. Sie bleibt stehen an einer Säule, verschnauft und gewöhnt die Augen an das Dunkel. Sie blinzelt. Die Kirche ist leer. Nur die Schatten der Heiligenfiguren tanzen im flackernden Kerzenlicht an den Wänden und Säulen entlang. Anna geht durch den Mittelgang, macht eine Kniebeuge und geht auf die Marienfigur zu, die hinten in der Ecke steht. Sie sieht auf. Zu der Figur.

Maria hat ein liebes Gesicht. Ob diese Maria weiß, wie böse alles sein kann. Ob sie weiß, wie schmerzhaft alles sein kann? Und wie allein man ist? Ohne Worte?

Anna zieht die Kerze unten aus dem Kerzenschränkchen. Sie hält sie noch etwas unschlüssig in der Hand. Die Kerze hat einen langen Docht. Anna zieht ihn grade. Dann steckt sie sie an der Flamme einer anderen Kerze an.

„Für Helmut", sagt sie zu Maria gewandt. „Und für mich auch ein Stück." Obschon man an sich eigentlich nicht denken darf. „Und Maria", fragt sie, „warum musste der Helmut sterben, wo ich ihn doch mochte?" Hier darf sie so etwas sagen.

Maria schaut nur. Schatten liegt auf ihrem Gesicht. Es wäre besser, wenn sie antworten könnte, denkt Anna. Sie steckt die Kerze in einen der Eisenständer.

„Du hörst mich?", flüstert sie und schaut hoch. Schatten

huschen wie Zweifel über das Gesicht. Danach steht Anna still. Die Kirche ist hell im Kerzenlicht um Maria. Durch das Fenster fällt das matte Licht der Abendsonne. Ihre Strahlen weben in der Stille der dunklen Kirche Muster. Anna wartet.

Da kommt ihr ein Satz ihrer Mama in den Sinn: "Der Mensch kann nichts und Gott kann alles."

Wirklich alles?, denkt sie. Fragt sie. Auch noch, als sie nach Hause hüpft und dazu immer aufsagt: „Der Mensch kann nichts – und Gott kann alles."

„Der Mensch kann nichts." Mit diesem Satz steht sie vor ihrer Haustür.

„Essen kommen!", ruft ihr Bruder.

„Es soll wirklich keinen Prozess geben", sagt der Vater.

„Der Mensch kann nichts", murmelt Anna.

„Was hast du gesagt?", fragt ihr Bruder.

„Nichts", sagt Anna.

Sie schweigt weiter.

„Der Mensch kann nichts."

Der Satz gräbt sich immer mehr in sie ein.

6

Und dann kommt die Nacht. Sie kuschelt sich in ihr Bett. Und plötzlich ist sie wieder auf dem Schulhof. Genau auf dem Schulhof, wie es damals war. Und Helmut ist wieder lebendig und geht neben ihr hinaus. Im Hinausgehen, mitten in der Tür, stoßen sie sich sogar gegenseitig an. Das ist schön. Ob Helmut das genauso schön findet? Er schaut sie kurz an. Sie schaut zurück. Eine leichte Röte durch sein Gesicht, durch ihr Gesicht. Ja, sie mag ihn. Aber so etwas sagt man natürlich nicht. Das kann man kaum denken. Aber sie mag ihn. Und dann gehen sie hinaus. Sie zu den Mädchen, sie geht mit Cilli über den Schulhof, geht mit Gertrud ein Stück, hat ihr Butterbrot in der Hand, isst es, und Helmut Püffgen steht da hinten.

Und plötzlich sieht sie, wie sich da etwas abspielt, wie alle auf einmal im Kreis herumstehen, hinten in der Schulhofecke. Sie geht auch hin.

Da kämpfen Georg und Helmut miteinander. Georg sagt zu Helmut: „Na, du kleiner Wollhosenscheißer?“ Sie ist wütend auf Georg. Obschon. Etwas ist auch an ihm. Aber diese blöde Einbildung – und Georg bildet sich doch nur etwas ein, weil er immer diese teuren Lederhosen hat und Helmut hat selbst genähte Wollhosen, wahrscheinlich aus gewendeten alten Mänteln, von der Mutter genäht. Helmut ist wütend, das merkt man. Er wehrt sich mit der ganzen Wucht seiner Wut, und Georg mit seinem großen Gewicht, mit seiner Kraft, setzt sich plötzlich auf ihn drauf, Helmut am Boden. Die Meute rundherum zählt: Eins, zwei, drei, wie bei einem Boxkampf, und als sie bei acht, neun sind und zehn, da erhebt sich Georg plötzlich, steht auf. Das ist eine Frage der Ehre!

Warum liegt Helmut denn dort so reglos am Boden? Ob er etwas abbekommen hat?

Alle gehen weg. Sie schaut zu Helmut hinüber. Soll sie hingehen? Er liegt dort allein, am Boden. Warum sieht denn keiner nach ihm? Warum tut sie es nicht? Weil dann alle sagen: „Du bist doch verlobt mit dem, willst du den denn bald heiraten?“ Und das will sie nicht. Verliebt, verlobt, verheiratet. Das ist das Spiel, von dem sie reden, wenn man sich nur einmal anguckt, wenn man sich zufällig berührt und einer das mitbekommt.

Schließlich geht sie hin. Da merkt sie, dass Georg auch in die Richtung geht. Sie sieht es von weitem. Es hat schon geklingelt. Georg schaut sich nach allen Seiten um, er sieht sie wohl nicht. Sie steht nämlich hinter dem Gebüsch. Und plötzlich holt er mit dem Fuß aus und tritt zu, mit seinem festen Schuh dreimal dem Helmut an den Kopf, mit voller Wucht. Er schaut sich um. Noch einmal. Misstrauisch. Dann zufrieden. Noch einmal. Und keiner hat ihn gesehen! Sie ist die Einzige. Und dann nimmt er seine Beine in die Hand und rennt und rennt in die Reihe zum Schulhofende. Sie hinterher.

Dabei merkt Georg plötzlich, dass sie da war, er merkt, dass sie hinterhergerannt kommt.

Und als sie fast in der Reihe ist, stellt er sich vor sie, zupft sie an der Strickjacke und sagt: „Klappe halten, ist das klar!"

Dieser Blödmann. Und den mochte sie? Wenn auch nur so'n bisschen.

„Klappe halten", zischt er noch mal.

Sie nickt, aber wie von selbst nickt sie. Mechanisch fast. Sie weiß kaum, dass sie nickt. Sie stellt sich in die Reihe. Dann wird ihre Klasse aufgerufen und geht in die Schule. Sie wischt sich durch die Augen. Hat er wirklich zugetreten? Und liegt Helmut wirklich hinten auf dem Schulhof? Ist das wirklich? Wirklich?

Und wie von selbst bricht sie aus der Reihe aus, rennt zurück, rennt, rennt hinten zu Helmut. Und bleibt bei ihm stehen. Einen Augenblick …

„Hilfe", schreit sie, „Hilfe!" Aus vollem Hals.

Aber da ist es zu spät.

Und sie wird wach. Und Helmut ist tot.

Helmut. Helmut. Sie weint. So wie damals.

Keiner antwortet.

Wie auch? Immer antwortet keiner.

Und Helmut ist tot.

Sie weint, sie weint.

Sie hätte sich am liebsten an seinen Körper geklammert. Jetzt noch. Aber das darf sie nicht.

Stattdessen ein bitterer Geschmack in ihrem Mund. Verdorbene Tränen.

Und dann kommt der Arzt. Frau Steinbrede, die Deutschlehrerin, zischt sie an:

„Verschwinde."

Die andern Kindern kommen langsam hinter ihr her. Neugierig.

„Alle Kinder in die Klasse!" Frau Steinbrede klatscht in die Hände.

Das ist nichts für Kinder.

Die schiebt man ab. Von allem, was zählt. Vor allem von Traurigem.

Als schnitte man der Trauer den Kopf ab. Oder sogar noch Arme und Beine. Helmut. Helmut. Anna legt den Kopf auf die Bank.

„Verliebt, verlobt, verheiratet ..."

„Und verstorben", ruft einer von hinten.

Es hämmert. Sie lachen. Es hämmert.

Immer wieder in ihren Kopf.

Das sollte ein Witz sein.

Frau Steinbrede kommt in die Klasse. „Er ist tot." Da lacht keiner mehr.

Aber zu Anna sagt Frau Steinbrede, die Deutschlehrerin, weil sie so weint: „Lass dich nicht so hängen."

Und sie dürfen alle nach Hause gehen für heute.

7

Anna denkt nach.

Wenn ein Kind stirbt, sind alle traurig. Erwachsene und Kinder.

Sie sind sogar noch trauriger, als wenn ein Erwachsener sterben würde.

Aber die Erwachsenen regeln das Traurigsein. Es darf nicht zu toll sein und nicht zu laut. Nicht zu leise und nicht zu lange.

„Es muss alles sein Maß haben“, sagt Mama. Und dieses Maß bestimmt sie. Auch für die Kinder.

„Weil die das noch nicht können“, sagt Mama.

„Was?“, fragt Anna.

„Das“, sagt Mama, „das alles.“

Und Mama weiß selbst nicht, was „das“ ist. Keiner weiß es. Vor allem weiß keiner es für einen andern.

Aber sie muss ja bestimmen. Sie ist schließlich erwachsen. Und deswegen sagt sie: „Reiß dich zusammen. Du lebst ja noch.“

Mama ist – doof. Darf man das denken?

… Und Anna ist allein. Das darf man auch nicht denken. Ein Kind ist nicht allein. Nie. Nie.

8

„So was Schlimmes“, sagt Mama.

„Vielleicht war es ja ein Unfall“, sagt Frau Busse, die Nachbarin mit der spitzen Nase.

„Vielleicht ist er ja totgetreten worden“, meint Frau Beger.

„So schnell wird ein Flüchtling nicht totgetreten, die sind zäh“, meint Frau Busse mit der spitzen Nase. (Bei dem Wort zäh denkt Anna immer an Koteletts von alten Sauen. Aber bei Helmut passt das nicht. Nicht in Annas Kopf.)

„Und ein Kreislaufkollaps? So was könnte doch auch sein.“ Frau Dordel ist dazugekommen.

„So ein junges Ding und Kreislaufkollaps, das kann gar nicht sein. Der Junge war stark und gesund. Das konnte man doch sehen.“ Mama meint immer, dass ein junges Ding noch nicht krank sein darf. (Krankheit ist ein Privileg des Alters.)

„Das wird sicher alles aufgeklärt“, sagt Frau Busse, „gut, dass es die Gerichte gibt.“

„Die sind verlässlich“, Frau Beger nickt. „Und bei Totschlag gäbe es ein paar Jahre, sogar für Kinder oder Jugendliche“, sagt Frau Beger hinterher.

„Aber das war doch kein Totschlag. Wer sollte denn geschlagen haben? Etwa der Georg? Das streich dir mal aus dem Kopf, Ilse“, sagt Mama zu Frau Beger. Frau Beger schaut kurz auf. Dann harkt Frau Beger weiter ihren Weg vorm Haus.

Und Frau Busse sagt noch einmal im Weggehen: „So was Schlimmes.“

9

„Und halt den Schal schön um den Hals", sagt die Mutter zu Anna, als sie in der Tür steht, den Ranzen auf dem Rücken, „sonst wirst du deine Halsschmerzen wirklich niemals los." Die Mutter streicht ihr dabei über den Kopf. „Tschüss", sagt sie.

Da drängt sich Hans vorbei, ratscht Anna kurz seinen Ranzen durchs Gesicht, er dreht sich um, murmelt „Entschuldigung" und ist schon weg. „Tschüss", ruft er, als er am Ende der roten Asche angelangt ist, das ist der Eingangsweg, der zur Garage, der zur Haustür führt. Und schon ist er weg. Er hat es wieder mal eilig, so wie immer. Wahrscheinlich muss er für andere noch irgendwelche Hausaufgabenaufträge erledigen oder er hat irgendeine andere geheime Sitzung, von der er zu Hause nicht erzählen kann.

Anna wickelt sich den Schal um den Hals, Hermann trollt sich müde zur Garderobe, die Müdigkeit zeigt im Grunde schon, dass es ihn nicht sonderlich zur Schule zieht. Schließlich schließt er hinter Anna die Haustür, sie gehen schweigend nebeneinander her.

Auf dem Weg kommen ihnen mehrere Frauen auf Fahrrädern entgegen, Anna und Hermann grüßen jedes Mal mit einem kurzen Nicken des Kopfes, nicht besonders laut, nicht besonders freundlich. Diese blöden Leute, die man nur aus Pflicht grüßen muss. Aber Mama hält darauf. Also müssen sie wohl. Sie nicken rechts, sie nicken links. Ansonsten gehen sie geradeaus schweigend an der Schlossmauer entlang. Anna stößt einen Stein vor sich her.

„Wer diese blöden Halsschmerzen bloß erfunden hat."

Hermann antwortet darauf: „Ich wäre froh, wenn ich welche hätte, dann wäre ich heute nicht gegangen, läge schön im Bett, eingehüllt. Blöde Mathearbeit." Mathe ist nicht seine Stärke. Aber sonst läuft alles gut. Nur Mathe, das haben sie ihm immer alle eingeredet, das könne er nicht. Doch wenn er allein ist, kann er es gut, begreift er alles sogar ziemlich schnell. Aber wenn einer hinter ihm steht und ihm sagt: „Du bist eh zu blöd", dann ist das vorbei.

Sie biegen an der Kreuzkirche, am Marienplatz links ab, dann geradeaus weiter auf das große Stadttor zu, kurz vorm Stadttor rechts, schon sind sie an der Schule.

Die Schüler strömen auf das Schulgebäude zu. Die Lehrer dürfen vorne durch das Eingangstor gehen, die Schüler müssen alle hintenherum gehen. Eigentlich bescheuert, der Weg vornherum ist viel kürzer. Trotzdem. Sie geht hinauf, geht in die Klasse. Dorle ist als Einzige schon da. Ruth kommt gerade herein, alle grüßen mit einem müden „Mojen".

Anna löst ihren Schal vom Hals, dann wickelt sie ihn doch wieder herum. Eigentlich hat sie noch immer Halsschmerzen, sogar ziemliche. Macht nichts. Sie lässt den Schal drum. Dann setzt sie sich und wartet auf die erste Stunde.

Sie sieht dabei auf die leere Bank. Da hat bis vor ein paar Tagen Helmut gesessen. Und plötzlich ist ihr Traum wieder da, ihr Traum von heute Nacht.

Und er sitzt dort. Die kurz geschnittenen Haare, das Lachen, das sie so mochte. Er ist da. Ganz nah bei ihr. Zwei Bänke vor ihr. Sie zittert. Er wusste nichts davon. Er verstand das alles nicht. Er konnte das alles nicht verstehen, weil keiner darüber gesprochen hatte, sie auch nie darüber geredet hatten, vor allem nicht zusammen. Wie kann man das auch, darüber reden? Ein Mädchen spricht nicht, ein Mädchen schweigt. Reden ist Silber, Schweigen ist Gold. Das gilt vor allen Dingen für die Liebe. Er läuft nach vorne, sie schaut hinter ihm her, er lässt etwas in den Papierkorb fallen, als er sich umschaut, wird sie rot. Er ist da, immer wieder taucht er auf. Er taucht auf wie auf bunten Wolken.

„Hallo Anna, du bist dran, übersetz mal." Anna schaut zu Dorle, ihrer Nachbarin. Dorle schiebt das Buch rüber. Sie hat ihren Finger genau unter der Zeile, wo sie gerade sind, und Anna übersetzt wie mechanisch: „Die Römer, die Truppen der Römer, näherten sich langsam der Stadt."

„Richtig“, sagt Herr Brate, er geht zwei Bänke weiter.

In Kunst sollen sie ein Bild malen: „Unsere kleine Stadt.“

Anna fängt sofort an zu malen.

Sie malt Stufen einer Treppe.

Ganz oben steht Georgs Vater, ganz unten ist Helmuts Mutter.

Dazwischen sie und die Eltern und viele Leute.

Es ist alles geordnet.

„Warum malst du keine Häuser?“, fragt Dorle. „Eine Stadt hat doch Häuser.“

„Und Menschen“, sagt Anna.

„Aber das ist nicht die Stadt“, sagt Dorle, „die Häuser machen die Stadt.“

„Nein“, sagt Anna, „die Menschen machen die Stadt, und die einen stehen oben und die anderen stehen unten. Und auf die, die unten sind, kann jeder treten.“

„Das ist doch Quatsch“, sagt Dorle, „du spinnst.“

Da klingelt es.

Als sie nach Hause kommt, sagt die Mutter: „Es wird wohl keinen Prozess geben, Georgs Vater meint, es sei vertane Liebesmüh.“

„Aber da ist doch einer gestorben!“, sagt Anna empört. Das schießt ihr einfach so heraus.

„Halt du dich da mal raus", sagt die Mutter, „so etwas ist nichts für dich."

Sie sagt es fast so, wie sie auch immer den Satz sagt: „Politik ist ein schmutziges Geschäft."

Und danach erzählt sie von den marmornen Fensterbänken bei Georg zu Hause und von den leckeren Schnittchen, die Georgs Mutter immer reicht zum Sekt.

„Die haben's ja auch", sagt sie. Während sie jeden Pfennig umdrehen muss, seitdem sie gebaut haben.

Und sie seufzt dazu.

Anna malt im Geist ihr Bild noch ein bisschen anders: Ganz oben stehen die, die studiert haben und Geld haben. Darunter die, die studiert haben und nicht so viel Geld haben, und ganz unten die Flüchtlinge.

Bei denen ist es egal, ob sie studiert haben.

„Die haben eh nichts an den Hacken", sagt Frau Henkel immer, „das Einzige, was die können, ist uns unser Brot auffuttern."

„Aber die arbeiten doch", hatte Annas Vater einmal gesagt.

„Du mit deinen sozialistischen Ansichten", Frau Henkel verzog verächtlich die Lippen. „Die wollen von unserem Speck hier nehmen, wie Maden im Speck leben die doch!"

Ihr Vater hatte nichts mehr darauf gesagt. Nur später hatte er zu Anna gesagt, dass Frau Henkel selbst eine solche Made im Speck sei, die käme nämlich von drüben, hinter dem Eisernen Vorhang her – und hatte auch nichts an den Hacken.

„Aber solche sind am schlimmsten“, hatte er gesagt. „Die hetzen auf die andern, weil sie selbst nicht besser sind.“

„Schließlich verdient Herr Henkel sehr gut“, sagt die Mutter. Das ist eine Spitze gegen Papa. Weil der nicht so gut verdient. Auf jeden Fall nicht so, dass sie sich das neue Haus und die Kinder und ein Hausmädchen leisten könnten, wie Frau Henkel und auch Georgs Mutter eins haben.

Und man ist natürlich befreundet.

„Eng befreundet“, sagt die Mutter. Und der Neid frisst von unten hinein.

Aber das sagt keiner.

Nur Anna weiß, dass sie gerade dann immer ihren Papa von Herzen mag. Ihren Papa, der als Kind ganz arm war. Der dann Jura studierte und jetzt Richter ist, Richter am Amtsgericht. Und immer zufrieden. Doch Mama meint, dass Rechtsanwalt besser wäre, weil die mehr verdienen. Mama! Typisch Mama. Und Papa schweigt dazu. So wie immer.

„Sieh alles positiv“, sagt Mama schließlich. Und als Abschluss sagt sie noch: „Aus der Sache mit Helmut, da halt dich mal raus, ist nichts für Mädchen.“

Ich bin aber die Einzige, die alles gesehen hat, denkt Anna, sagt es aber nicht.

Da würde Mama jetzt entgegnen: „Nimm dich nicht so wichtig, Anna. Es war ja schließlich kein Mord."

„Aber Totschlag", würde Anna jetzt am liebsten sagen. Und bei Totschlag sitzt man schließlich auch. Auch wenn man Georg heißt. Und in dem Augenblick gönnt Anna ihm so richtig die Strafe. Dann wäre er unten durch. Aber sie ist ja die Einzige, die den Totschlag gesehen hat. Sie erschrickt fast. Muss sie dann nicht reden? Muss sie nicht?

Anna stapft hinauf.

„Stapf nicht so, ein Mädchen stapft nicht", sagt die Mutter.

Trotzdem. Es war Totschlag, denkt Anna. Sie stapft deswegen. Aber das will keiner wissen. Das würde alle stören, weil Georg der Totschläger ist. Das ist fast wie Mord.

Mord. Mord. Mord.

Und der Mörder ist kein Mörder, weil ihn keiner als Mörder sehen will.

10

Und noch einmal: die Kriegsgefangenen, die aus Russland zurückkommen. Es sind viele dabei, viele aus den Häusern der Stadt: Söhne, Väter, Brüder, Onkel. In fast allen Häusern hat man damit zu tun. Es gibt sehr viele, die sind verschollen, die gelten als tot, es gibt viele, von denen man wusste, dass sie an der Ostfront waren. All diese Leute könnten in den Gefangenenlagern in Russland sein.

Es gibt natürlich auch welche, die haben solche Postkarten geschrieben wie Helmuts Vater. Die Postkarten klemmen dann in der Küche hinter der Glastür als Andenken. Sie sind schon ganz abgelesen, fast abgerundete Ecken. Abgewetzt vom Alter und vom vielen Lesen.

Diese Familien haben natürlich am meisten Hoffnung, dass jetzt der, der vor fünf Jahren geschrieben hat, dass er zurückkommt, dass auf einmal heute Abend sein Name kommt.

Der Mann war vielleicht in einem russischen Kriegsgefangenenlager. Hinten in Sibirien. Es werden schreckliche Geschichten erzählt. Jeder weiß etwas anderes. Und keiner weiß etwas Wirkliches. Das ist das Komische an diesen Kriegsgefangenenlagern.

Nur ganz wenige werden zurückkommen. Die meisten sind tot. „Ausgezehrt“, hat die Oma gesagt. Dabei hatten die Russen wohl hunderttausend Deutsche gefangen.

Ob Helmuts Vater dabei ist? Manches Mal schaut Helmuts Mutter in die Kaffeetasse, rührt darin und sagt dann: „Ich glaub, er kommt.“

Und ein anderes Mal sagt sie das Gegenteil: „Bei den wenigen, die kommen, da wird er nicht dabei sein.“

Heute Abend hat sie sich von einer Nachbarin ein Radio, einen alten Volksempfänger, geliehen. Er steht mitten auf dem Tisch. Alle hocken um das Gerät herum. Der Volksempfänger hat nur einen Knopf zum An- und Ausmachen und zum Laut- und Leisestellen. So steht er mitten auf ihrem Küchentisch.

Helmuts Mutter sitzt da. Es wird dunkel draußen. Und dann plötzlich, um elf Uhr, sagt ein Ansager: „Und hier die Namen der Kriegsgefangenen, die mit dem ersten Transport nach Hause kommen.“ Dann beginnt er, in alphabetischer Reihenfolge nennt er Namen. Helmut hat einen Namen mit P. Das wird dauern.

Helmuts Mutter davor, sie piekst einen Krümel von der Tischdecke, die Finger zittern. Vor Aufregung, vor Unsicherheit, vielleicht ist es auch die Trauer, die sich in den Jahren, in denen der Mann nicht da war, angesammelt hat.

Sie lauscht. Eine Nachbarin ist gekommen. Sie hockt an ihrer Seite. Jetzt kommen die Namen mit P. Jetzt kommen sie: Papcke, Pasemann, Penski, Peters, Pfeiffer, Philips, Pohlmann, Promersberg, Quante. Helmuts Vater ist nicht dabei.

„Wir wiederholen die Namen in einer Stunde und morgens um sieben und um acht Uhr. Der nächste Transport mit Kriegsgefangenen aus Russland wird morgen oder übermorgen eintreffen. Die Namen werden wir wieder zur gleichen Zeit verlesen."

Helmuts Mutter weint.

„Er ist nicht dabei." Sie wischt sich mit dem Zipfel der Schürze die Tränen aus den Augen. Eine Träne auf ihrer Wange. Sie legt den Kopf auf den Küchentisch. Die Nachbarin legt die Hand auf ihren Rücken: „Beim nächsten Mal hören wir wieder zusammen. Ich werde kommen."

„Wirklich?", fragt Helmuts Mutter.

Die Nachbarin nickt. Sie wird da sein. Dann erhebt sie sich, geht nach Hause.

Sie sagt „Gute Nacht". Schwere Schritte.

Die Tür fällt ins Schloss. Helmuts Mutter sitzt dort, allein. Allein am Küchentisch. Helmut ist tot. Und ihr Mann? Kommt der zurück?

Und die Nacht ist so dunkel.

11

„Was ist Friedland?“, fragt Anna beim Frühstück.

„Friedland ist das Lager, wo sie aus dem Osten ankommen, weit, weit hinter dem Eisernen Vorhang. Und in Friedland kommen sie an.“ Die Mutter holt tief Luft und ergänzt dann: „Da werden sie erst mal versorgt, bekommen warme Kleidung, neue Kleidung, viele von ihnen müssen total zerlumpt herumlaufen, auch Lumpen um die Füße herum, obschon es in Sibirien, wo sie waren, sehr, sehr kalt ist.“

„Und warum haben die so wenig an?“, fragt Anna.

„In einem Land, wo man wenig Geld hat auch für die eigene Bevölkerung, da wird man für die Gefangenen nicht viel tun können und auch nicht viel tun“, ergänzt die Mutter.

Anna stellt sich die Gefangenen vor in einer langen Reihe, in zerlumpten, dünnen Hosen und Pullovern oder Jacken darüber. Wie sie dort durch den Schnee gingen, umwickelte Füße …

„Helmuts Vater ist noch nicht gekommen“, flüstert Gertrud ihr zu. In der Schule.

„Ich weiß“, sagt Anna.

Plötzlich klopft es an der Tür. Jemand tuschelt an der Tür,

dann wird Georg gerufen. Georg bekommt einen roten Kopf. Wahrscheinlich ist es die Verlegenheit, überhaupt gerufen zu werden. Er geht zur Tür, er geht hinaus. Alle schauen hinterher.

„Was ist mit Georg?“, fragt Anna. Ob außer ihr noch irgendjemand gesehen hat, dass er getreten hat? Oder ist es etwas anderes? Hat es nichts mit Helmuts Tod zu tun? In zwei Tagen soll die Beerdigung sein. Bis dahin, hat der Direktor gesagt, würde er herausbekommen, was war.

Aber ohne ihre Aussage wird er nichts herausbekommen. Das weiß Anna. Und was passiert mit Georg, wenn er wirklich als der Totschläger dasteht? Manchmal gönnt Anna es ihm fast und dann wieder hat sie Angst um ihn. Er ist – doch ganz nett. Oder?

Oder ob es doch noch jemand anders gesehen hat? Jetzt bekommt sie Zweifel. Und dann, wenn es jemand anders gesehen hat, muss auch sie reden, kann sie gezwungen werden zu reden. Was ist denn, wenn der oder die andere, wer auch immer es war, auch sie gesehen hat. Muss sie nicht sowieso reden? Verdeckt sie nicht einen, der einen anderen umgebracht hat? Mit Absicht? Ohne Absicht? Anna weiß es nicht.

„Halt dich da raus“, hat die Mutter gesagt. Aber darf sie sich da raushalten?

Die Stunden ziehen sich langsam hin. Anna wird aufgerufen. „Wo bist du denn mit deinen Gedanken?“, sagt ein Lehrer nach dem andern.

Anna nickt abwesend. Soll sie etwas sagen? Doch sie ist mit den Worten so allein. Sie schweigt.

Sie erinnert sich genau. Immer war es so: Sie sitzen in der Klasse. Es hat geklingelt. Jeder sitzt auf seinem Platz, kramt sein Buch aus der Tasche, Frau Wolf, die Mathelehrerin, müsste gleich kommen. Frau Wolf ist streng. Sie will, dass sie bereits sitzen, wenn sie die Klasse betritt. Und wenn das nicht der Fall ist, dann wird sie wütend, tadelt, weist zurecht.

Frau Wolf hat häufig besonders die linke Ecke hinten im Auge. Da sitzen Helmut, Bernhard, Herbert. Und noch ein paar Mädchen. Flüchtlinge. Sie sitzen da zusammen, weil sie aus den Nissenhütten kommen. Das hat sich so ergeben, damals, als sie die Klasse betraten. Alle zum ersten Mal. Seitdem sitzen sie zusammen. Die aus den Nissenhütten waren zusammen gekommen mit ihren Eltern, sie schauten scheu um sich, dann hatten sie sich zusammen hinten in die Ecke gesetzt. So saßen sie seitdem. Daneben in den Mittelbänken sitzt Georg. Georg ist eben aus Versehen von Helmut angekickt worden. Aber Georg meint, das sei Absicht gewesen, deswegen zischt er zu Helmut hinüber: „Stoffbuxenheini, kannst wohl nichts anderes.“

Helmut sitzt dort, sein Kinn zittert. Er scheint wütend zu sein. Es zittert, so als wolle er gleich losheulen.

Wieder flüstert Georg: „Stoffbuxenheini, kannst wohl nichts anderes."

Da plötzlich dreht sich Helmut um, holt aus, obschon er viel kleiner, viel zierlicher, viel schwächer aussieht, und holt aus zu einem Kinnhaken für Georg.

Alle in der Klasse erstarren. Georg einen Kinnhaken geben? Wer wagt das? Helmut? Ausgerechnet Helmut!

Und genau in dem Augenblick ist Frau Wolf unbemerkt hereingekommen. Sie hat alles mitbekommen. Nur die Klasse hat das nicht mitbekommen. Auch Georg nicht, auch Helmut nicht.

Frau Wolf geht auf Helmut zu, stellt sich vor ihn hin und sagt: „Helmut, lass das." So kennt Frau Wolf den Helmut gar nicht. Helmut ist sonst immer sehr scheu. Sie hatte allerdings nicht mitbekommen, was Georg vorher gezischt hatte, und Georg grinst jetzt vor sich hin. Als wolle er sagen, das hat der Helmut wirklich verdient.

Frau Wolf sagt zu Helmut: „Das gibt einen Eintrag ins Klassenbuch, verstanden?"

Helmut sagt kein Wort. Wenn er jetzt sagen würde, der hat Stoffbuxenheini gesagt, würden doch wahrscheinlich alle in der Klasse lachen. Denn es stimmt ja: Er trägt selbst genähte

Stoffhosen, von der Mutter genähte Stoffhosen, weil kein Geld da ist für die Lederhosen, die Georg trägt und die viele im Mittelgang tragen.

Frau Wolf geht nach vorne, Frau Wolf schlägt das Klassenbuch auf, Frau Wolf schreibt den Helmut ein.

„Stoffbuxenheini“, zischt Georg schon wieder. Er grinst dabei. Er ist der Sieger in dieser Situation. Das merkt er. Der wird jetzt eingetragen und er hat seinen Spaß. Und er und sein Freund zischen Helmut wieder an. Man kann es nicht richtig verstehen. Aber Anna hört so etwas wie „Flüchtling“, „Nissenhütten“. „Die machen wir zu Apfelmus.“ Gemeines Lachen. Ekelpakete. Und doch ... Anna ist wütend. Mit solchen Ekelpaketen will sie nichts zu tun haben. Und Anna kann dem Helmut auch nicht helfen. Sie guckt nur langsam zu ihm hinüber und sie sieht jetzt, dass Helmuts Kinn noch mehr zittert als vorher. Sie schaut ihn an. Aber Helmut schaut sie nicht an. Also kann er nicht merken, dass sie ihn wenigstens mit dem Blick trösten will. Helmuts Kinn zittert.

Aber er weint nicht. Er beißt die Zähne zusammen, sonst lachen die ja noch mehr.

Frau Wolf klappt das Klassenbuch zu.

„Helmut, nach der Stunde kommst du mal zu mir“, sagt sie. Dann geht sie zur Tafel, klappt die Tafel auf und fragt: „Wo waren wir stehen geblieben?“ Und sie dreht sich um und geht auf die Ecke zu, wo Helmut sitzt. Helmuts Gesicht spannt sich an. Jetzt muss er da sein: „Koordinatensystem." Das Kinn zittert nicht mehr, Frau Wolf holt ihn zur Tafel.

Georg schlägt die Beine übereinander: „Haha", sagt er.

Anna würde ihm am liebsten eine knallen. Georg. Er grinst. Er zwinkert Anna zu.

Und Anna zwinkert zurück.

Helmut glänzt in Geometrie an der Tafel. Er kommt strahlend zurück. Jetzt lächelt er Anna zu. Anna lächelt zurück. Georg – Helmut – Helmut – Georg. Ekelpaket und Stoffbuxenheini.

12

Auf dem Nachhauseweg hört Anna plötzlich eine Melodie – vorne an der Straße. Sie kennt die Melodie – und doch weiß sie zunächst nicht, was es ist.

Alle Kinder rennen hin. Sie können es kaum glauben. Der Moritz ist es mit seiner Kathi. Schon lange war er nicht mehr da.

Kathi ist eine alte graue Eselin, vor einen Karren gespannt – und in dem Karren türmen sich Lumpen und kleine und große Eisenteile. Und der Moritz geht nebenher, damit die Kathi nicht so schwer ziehen muss. Sie ist ja alt.

Jetzt setzt Moritz seine Flöte ab. „Lumpen, altes Eisen, Lumpen, altes Eisen!", ruft er durch die Straße – und aus den Häusern kommen Kinder und Erwachsene, die sich schon ein Säckchen bereitgestellt hatten. Viel ist ja nicht mehr da, jetzt in der Aufbauzeit. Cilli und Anna rennen hinten in den Hof und holen eine alte Schaufel. Zwanzig Pfennig gibt das, und sie teilen sich das Geld.

„Überall kommen sie zurück", sagt Moritz, „und an der Straße von Friedland her werden die Heimkehrer in ihren blumengeschmückten Autos mit Jubel begrüßt. Aber schmal sind sie, schmal", fährt er fort. „Ich habe viele gesehen, weil ich dort in der Nähe war. Haben nix zu essen gehabt. Nur arbeiten haben sie müssen. Müde sind sie … In Hannoversch Münden ist einer zurückgekommen, der ist in der Nacht darauf gestorben", erzählt Moritz. „‚Ich habe euch wenigstens wieder gesehen', hat er gesagt. ‚Ich bin so müde, so müde'; und danach hat er sich hingelegt und ist eingeschlafen."

Alle sind still.

„Die Frau weiß dann wenigstens, wo sein Grab ist", sagt Frau Lammtrupp. Ihr Mann ist in Frankreich begraben.

Moritz hat richtig blitzende Augen. Schwarz sind sie, ganz schwarz. Und viel erzählen kann er, weil er viel herumkommt und viel sieht. Er kann auch viel nachdenken auf seinen langen Wegen.

Er zieht durchs Münsterland und durchs Ruhrgebiet und durch Holland und auch durch Belgien, manchmal durch Süddeutschland. Aber weiter nicht.

„Kathi ist müde", sagt er. Und er auch. Aber das sagt er nicht. Keinen Zahn hat er mehr. Und seine schwarzen Haare sind an einigen Stellen schon silbrig und weiß.

„Woher kommt der Moritz?"

Keiner weiß es, vielleicht er selbst auch nicht. Er singt noch immer:

„Ich zieh auf langen Straßen,
die Welt ist mein Zuhaus,
muss alles immer lassen,
zieh ein, zieh wieder aus.

Die Welt ist mein Zuhause,
der Himmel ist mein Dach;
und wenn die Vögel singen,
am Morgen werd ich wach."

Und er wirft den Kindern kleine Schellchen zu, die an einem Kleid hingen. Manchmal hat er auch schöne, bunte Glitzersteine und Geschichten dazu.

Wenn sie lange geredet haben, sagt Frau Lammtrupp oft: „Komm mit, eine Suppe essen." Und wenn es regnet und kalt ist draußen, gibt es auch noch einen heißen Kaffee.

„Der hat's nix zu gut", sagt Mama sogar. „Nirgendwo zu Hause. Der hat's nix zu gut."

Aber Mama hat trotzdem Angst, ihn mit in die gute Wohnung zu nehmen.

„Er ist schließlich ein Fremder."

13

Wieder ist sie in der Stadt. Die Stadt ist gar keine richtige Stadt mehr – oder doch wieder. Ruinen, verbrannte Grundmauern. Verkohlte Reste. Spuren des Krieges. Die Fliegerbomben haben hier zwischen Ruhrgebiet und Münsterland Schneisen geschlagen. Aber allmählich sind wieder Häuser gewachsen. Aus roten Ziegeln gebaut, die man zum Teil aus den Trümmerhaufen abklopfte. Die Stadt erwacht: eine Geschäftsstraße, Kopfsteinpflaster. Die ersten Blumentöpfe. Scheue Versuche. Marmeladeneimer und Rübenkrautdosen. Kapuzinerkresse und violette Herbstastern. Anna läuft in Gedanken. Langsam diesmal. Plötzlich schaut sie auf, da steht Georg fast vor ihr.

„Hallo“, murmelt er. Mehr verlegen. Sie steht vor ihm, sagt kein Wort.

Zum ersten Mal ist sie mit ihm allein. Seitdem. Auch sie ist verlegen, spürt, wie sie rot wird. Erst will sie weggehen.

Und plötzlich geht ihr Mund auf, wie von selbst, und sie stellt die Frage: „Warum hast du getreten?“

Jetzt ist es heraus. Endlich. Sie schaut Georg erwartungsvoll an.

In seinem Gesicht läuft ein Film ab: zunächst Erstaunen, dann – Entsetzen …, dann klappt sein Mund runter, fängt sich wieder, wird hochgezogen und schließlich grinst er und fragt mit breitem, hämischem Grinsen: „Ich zugetreten?“ Und wiederholt noch einmal: „Ich soll zugetreten haben?“ Lang und gedehnt kommt es heraus, er schaut ihr in die Augen, als wolle er sagen: „Wenn du es wagst zu behaupten, ich hätte zugetreten, dann kannst du etwas erleben, du kleine …“

Anna zuckt zusammen. Anna ist entsetzt. Das gibt es nicht!

Er bestreitet. Er wird nie zugeben, dass er getreten hat. Fiesling. Feigling. Er lügt.

Sie atmet tief: erst treten, dann lügen.

Und auf einmal ist all das da, was sie ganz unten in sich schon lange herumträgt: Georg, der Starke aus der starken Familie, der einfach sich das zurechtstrickt, was er braucht. Was Georg sagt, das stimmt.

Die Worte, die gelten, hängen also von der Macht ab. Oder vom Geld.

Dagegen Helmut. Aber Helmut ist ja tot. Helmut zählt nicht mehr. Helmut aus den Nissenhütten.

Georgs Mutter hat den Mund verzogen, als sie in der Klasse darüber geredet haben, dass noch mehr Flüchtlingskinder in die Klasse kämen. „Wäre es nicht besser, es würde extra eine Klasse für die Flüchtlinge eingerichtet", hat sie vorgeschlagen, „die hiesigen blieben unter sich."

Da haben einige protestiert, aber sie blieb bei ihrem Vorschlag. Mit denen sollte Georg nicht zusammenkommen. Die hinter dem Eisernen Vorhang. Die waren nichts.

Dabei denkt Anna immer: Wie die da wohl durchgekommen sind? Wenn man durch einen Eisernen Vorhang durchkommen will, da muss man schon ganz schön stark sein!

Genau in dem Augenblick macht Georg den Mund auf und sagt verächtlich, genauso verächtlich wie seine Mutter damals: „Du glaubst doch wohl etwa nicht, dass ich dieses Schlüsselkind“, damit meint er Helmut, „extra noch getreten hätte.“

Er will den Helmut noch kleiner machen. Nachträglich! Helmut das Schlüsselkind.

Und klein machen – das ist das, was er kann!

Helmuts Mutter arbeitet, weil kein Geld da ist, weil der Vater gefangen ist. Deswegen tragen einige Kinder einen Schlüssel um den Hals an einer Schnur, damit sie in die Wohnung kommen, bevor die Mutter nach Hause kommt. Weil die Mutter noch arbeitet, während sie schon zu Hause sind.

„Was ist denn schon ein Schlüsselkind?“ Georg wirft seine Locke zurück, seine Locke, die stark aussehen soll.

Schlüsselkind! Helmuts Mutter arbeitet!

„Außerdem kriecht die doch jetzt Abend für Abend in den Volksempfänger!“ Georg rollt mit den Augen. Das alles hat seine Familie nicht nötig. Er hat die Hände auf die Hüften gestützt. Wirft die Locke zurück.

Und den mag sie manchmal oder hat sie gemocht? Sie muss alles sagen. Auch wenn er dann zum Totschläger wird und alle zeigen auf ihn! Jetzt hat sie auch keine Angst mehr. Gar keine. Der hat es echt verdient. Der soll mal sehen!

Und aus lauter Wut dreht sie sich um und rennt einfach

fort. Sie lässt den Georg stehen, rennt quer durch die Stadt. Einfach weg.

Sie will nichts mit dem zu tun haben. Mit einem, der die andern nur klein machen kann. Und der tritt.

Mit so einem will sie nicht. Der ist nicht stark.

Nicht wirklich stark.

Und sie stellt sich vor das Schaufenster, spiegelt sich dort.

Sie zeigt ihre Faust. Ihre Faust. Dem wird sie es zeigen.

Jetzt hat sie aber wirklich keine Angst mehr um ihn.

14

Aber erst wird es ihr gezeigt!

Sie geht zur Toilette. Blut in der Hose. Sie will schreien. Aber man schreit nicht. Nicht als Mädchen. Nicht auf dem Klo. Sie schluckt den Schrei.

Und das Blut ist so rot.

Sie starrt es an. Sie probiert es, befühlt es, tastet.

Es blutet weiter. Hilfe. Aus der Scheide!

Sie will zur Mutter. Angst. Angst.

Was hat sie sich getan?

Muss sie jetzt auch sterben?

Ist irgendetwas gebrochen in ihr? Und sie stirbt jetzt. Wie Helmut. Wie Helmut, das ist fast schön.

Helmut. Helmut.

Und der Georg ist so doof.

Aber fragen muss sie. Sie kann ja nicht einfach sterben. Wenn die Mutter dann traurig ist. Und der Vater. Schon wieder ist sie schuld.

Sie geht zur Mutter. Die schneidet gerade Radieschen. Die sind genauso rot wie das Blut. Sie zögert. Sie hat Angst. Sie stottert.

Sie fragt nach dem Blut.

Die Mutter wischt die Hände an der Schürze.

„‚Das' wollte ich dir noch sagen", sagt die Mutter.

Die Mutter schaut sie sogar an!

„‚Das' wollte ich dir noch sagen", wiederholt sie verlegen.

Schon wieder „das"? Wie viele „das" gibt es denn noch?

„Bin ich krank? Muss ich jetzt sterben?"

Die Mutter lacht rau. Sie will erst den Arm um sie legen, behält die Hände aber dann in der Schürzentasche.

Hat wieder das strenge Gesicht. Aber die Augen sind lieb.

„Nimm dich nicht so wichtig", sagt die Mutter dann aber. Warum sagt sie so etwas? „Das kommt jetzt jeden Monat."

Und sie geht mit ihr hinauf und gibt ihr etwas, was das Blut auffängt. Das sieht aus wie ein Verband. Nur weicher. Und wenn es nicht so grausam wäre, fände sie das fast schön.

„Jetzt bist du eine Frau", sagt die Mutter ein bisschen weicher.

Ist das was Gutes? Oder muss sie jetzt auch immer schuften?

Die Mutter schimpft auch oft über das Frausein.

Oder ist sie nur einmal im Monat eine Frau? Sie fragt. Und sie fragt noch mehr.

„Jeden Monat?", fragt sie.

„Und ich sterbe nicht?", fragt sie.

„Und warum blutet Frausein?", fragt sie.

„Du hast komische Fragen." Die Mutter antwortet nicht mehr. Frau ist Frau und basta.

„Du hast komische Fragen."

Und Bauchweh, denkt Anna.

Aber das sagt sie nicht mehr.

15

Heute Abend ist Annas Oma da. Sie ist gesprächiger. Anna sitzt oben bei ihr. In ihrem kleinen Zimmer. Das teilt sie mit der Oma. Anna will noch ganz viel fragen. Auch das mit dem Blut. Vor allen Dingen aber auch Sachen, die mit den Durchsagen zusammenhängen. Es ist in der Schule so viel getuschelt worden, so vieles, was sie nicht weiß.

Vor allem aber kann sie mit Oma vielleicht über Helmut sprechen und über die Tritte – und ihr Schweigen. Vielleicht sogar über den Totschläger. Darf sie schweigen?

Ob sehr viele Leute zu den Nazis gehalten haben, ob viele selber Nazis waren. Das will sie auch wissen. Und ob die einfach so herumlaufen. Die Oma antwortet: „Ja, sehr viele haben mitgeholfen die Juden und die Zigeuner zu verfolgen, sie zu fangen und wegzubringen und noch anderes. Ja. Und viele“, sagt sie, „laufen so herum. Und alle schweigen. Die einen schweigen, weil sie zu viel Schlimmes erlebt haben, die anderen schweigen, weil sie zu viel Schlimmes getan haben. Und alle tun, als wäre nichts gewesen.“

„Aber warum sprechen denn die, die zurückkommen, nicht darüber?“ Anna denkt dabei an ihren Nachbarn. Der ist zurückgekommen aus einem Kriegsgefangenenlager in

Frankreich. Der spricht auch nicht darüber. Und ein anderer, das hat einer in ihrer Klasse erzählt, der ist zurückgekommen und schweigt seitdem nur noch.

Und sie selber spricht ja auch nicht. Sie hat Angst. Manchmal hat sie auch Wut. Dann will sie sprechen.

Die Oma zögert. Zögert sie, etwas zu sagen, oder überlegt sie nur? Die Oma überlegt. Schließlich fängt sie langsam an:

„Ich weiß doch gar nicht viel davon“, sagt sie, „nur, dass sich die meisten sehr geändert haben. Vielleicht haben sie auch zu viel Schreckliches gesehen und sind jetzt nicht mehr stark genug. Und der eine schreit herum und der andere schweigt vor sich hin.“ Die Oma überlegt weiter. Sie zögert wieder und dann sagt sie wie zu sich selbst: „Die Menschen sind nicht so stark, Anna, dass sie das alles aushalten.“ Und dann seufzt sie und setzt hinzu: „Und ich auch nicht.“

Wie Oma das gemeint hat, weiß Anna nicht richtig. Ob sie damit meint, dass Oma auch manchmal traurig ist, dass sie schimpft, dass sie durcheinander ist. Anna versteht es nicht. Ja, Oma hat diese Zeit mitgemacht. Aber trotzdem. Meint sie, dass sie nicht so stark ist? Dabei kommt Oma ihr so stark vor. Anna wollte sie sogar schon fragen wegen Georg. Aber dann hat sie es doch nicht getan.

Und jetzt kommen sowieso wieder Namen. Es sind noch viele Transporte angekündigt. Sie wollen wieder Namen hören. Fast alle Leute hören Namen. Und wenn dann einer kommt aus dem Ort, dann wird der Name fast auf der Straße gerufen. Alle freuen sich. Es wird einen Empfang in der Kirche geben für einen, der zurückkommt.

Die Durchsagen fangen an.

Anna liegt schon auf dem Sofa. Sie soll schlafen. Sie kann aber nicht schlafen. Vor allem nicht jetzt. Die Oma drückt ihr Ohr an den braunen Stoff des Lautsprechers, als höre sie dann besser.

Erst kommen die Namen mit A, dann B und C. Als P kommt, hören sie alle gespannt hin. Aber Helmuts Vater ist wieder nicht dabei.

Anna fragt: „Wo ist eigentlich Helmuts Vater?"

„So genau weiß das keiner", sagt die Oma. „Also, er ist seit ungefähr 1941 als Soldat in Russland gewesen. Von Anfang an war er dort. Und ich habe immer gedacht", sagt Oma, „das kann nicht gut gehen, das nimmt sicher ein schlimmes Ende. Denn Russland ist groß und weit und Russland hat so viele Menschen. Das wusste jeder. Und doch hat Hitler gemeint, er könne dieses große, große und dunkle Land einfach so mir nichts, dir nichts einkassieren. Viele sagten damals: Militärisch ist das zu gewinnen. Aber Krieg ist mehr als das, Krieg ist mehr als militärischer Sieg und Niederlage. Heini hat auch immer gesagt: Das geht nicht gut. Russland hat noch keiner nehmen können. Russland, das ist mehr als ein Land. Das ist die Kälte, hat er gesagt, die schreckliche sibirische Kälte …" Heini, das war Opa. Ihr Großvater ist kurz nach dem Krieg gestorben. Anna kann sich kaum mehr an ihn erinnern.

„Davon hat Helmut mir mal erzählt", unterbricht Anna. Sie ist ganz aufgeregt, weil sie auch etwas weiß, weil sie etwas von Helmut gehört hat.

Aber da macht Oma schon weiter. „Das ist ja noch gar nichts, Anna, sibirische Kälte, das ist für uns unvorstellbar. Da ist es so kalt, dass der Tropfen an der Nase zu Eis wird, dass Eiszapfen so lang wie die Äste der Bäume überall an den Häusern hängen. Das sind Schneestürme und Frost, Frost, Frost, Frost, sodass es nur so klirrt, wenn ich bloß daran denke."

Oma holt Luft. Dann fährt sie weiter fort: „Also nach Russland ist der Hitler gegangen und wollte es einfach so nehmen. Aber er hatte sich vertan, denn der Winter brach ein, und seine Soldaten und auch er wussten gar nicht, was Winter in Russland bedeutet. Ihnen sind die Zehen erfroren und die Hände. Sie haben sich Lappen um die Füße gewickelt. Die Maschinen gingen kaputt. Da konnten sie natürlich auch nicht mehr kämpfen. Trotzdem wollte Hitler noch immer nicht aufgeben. Und so ist es schließlich zu der

Katastrophe gekommen, zur Katastrophe von Stalingrad … Helmuts Vater ist ganz am Schluss, am Ende des Krieges, als wir alle schon lange wussten, da kommt nur noch Unheil und Niederlage, da ist er gefangen genommen worden."

„Und warum hat er sich denn nicht gewehrt, Oma? Ich wäre einfach weggerannt", sagt Anna.

„Ach, Kindchen, komm, die waren doch zu schwach, ganz schwach. Die waren müde und hatten nichts mehr zu essen. Die Soldaten. Keiner hat sie mehr versorgen können, denn Hitler hatte den Krieg da hinten lange aufgegeben, als nichts mehr zu gewinnen war. Und sie waren schließlich Feinde in dem Land. Da gab ihnen keiner etwas", sagt Oma. Anna ist froh, dass sie Oma hat. Auch wenn Oma mit ihr zusammen in dem kleinen Zimmer manchmal lästig ist.

„Und wie ist er dann gefangen genommen worden?"

„Das weiß ich auch nicht. Ich weiß nur, dass die meisten in verschiedenen Lagern waren. Über die Lager habe ich vieles in ganz schrecklichen Büchern gesehen." Oma erzählt weiter: „Sie waren wohl alle ähnlich. So ähnlich wie die KZs in Deutschland. Nur vergast wurde niemand. Viele haben wohl auch am Wiederaufbau von Stalingrad mitgearbeitet. Aber genau weiß es keiner, vor allem bevor sie zurückkommen nicht."

Anna reibt sich ein bisschen die Hände und dann sagt

sie auf einmal: „Die, die kommen, sehen also genauso aus wie Sträflinge?“ Ihre Augen glänzen richtig: „Das finde ich witzig. So mit geschorenen Haaren und gestreiften Anzügen?“

Da wird Oma fast böse. „So kannst du nicht davon sprechen. Die haben gelitten. Die geschorenen Haare, die Anzüge, dahinter steckt einfach die Verachtung des Menschen.“ Oma seufzt.

„Aber das kann ein Kind noch nicht wissen“, beschwichtigt sie sich selbst.

„Trotzdem“, die strengere Oma wieder. Sie kann es nicht so gut leiden, wenn die Kinder sich amüsieren über etwas, was sie nicht kennen, vor allem wenn sie über so ernste Dinge lachen. Dann wird sie bitterernst und streng.

„Anna, schlafen“, ruft Mama von draußen.

Annas gute Laune fällt zusammen. Es war so schön mit Oma. Was hat sie Mama getan? Sie zieht die Decke über sich, sie kuschelt sich.

„Zum Klo könntest du noch mal gehen“, sagt Oma.

Jetzt fängt die auch noch an!

Anna zieht sich die Decke über die Schultern, sie springt auf die nackten Füße, sie tapst zur Tür.

Und im Flur hört sie die Mutter sagen: „Dass die Kinder sich nicht angewöhnen können, sich Pantoffeln an die Füße zu ziehen, immer diese nackten Füße und dann der Dreck ins Bett."

Anna schleicht zurück. Die Mutter ist böse. Sie ist traurig.

16

„Warum kommen eigentlich die Kriegsgefangenen?", fragt am nächsten Morgen Hermann beim Frühstück. Er sieht Papa hinterher, der noch einmal kurz hereingeschaut hat. Der Vater ist schon fertig und hat es eilig zu einer Verhandlung zurechtzukommen.

Die Mutter ist heute gesprächiger als sonst. Trotz gestern. Trotz der nackten Füße.

„Das ist eine lange Geschichte", sagt Mama. Sie sitzt am Frühstückstisch, vor ihr die große Tasse mit dem Prüttkaffee, den trinkt sie jeden Morgen, den Kaffeesatz, der noch in der Kanne geblieben ist. Dann beginnt sie zu erklären: „Im Zweiten Weltkrieg sind natürlich viele Soldaten in Russland gefangen genommen worden." Und sie schaut dabei Anna an. Und Hermann weiß es so, er hat es in der Schule durchgenommen, wenigstens ganz kurz, jetzt, wo die Durchsagen gesendet werden. „Und jetzt, nach zehn Jahren, ist Konrad Adenauer zum ersten Mal nach Russland gereist, in dieses fremde Land, mit dem sie vor zehn Jahren noch Krieg hatten."

„Dass der das wagt", sagt Hermann.

„Ja, er ist hingefahren, aber für einen Regierungsvertreter ist das natürlich nicht so gefährlich. Denn er ist in gewisser Weise geschützt", murmelt die Mutter. „Immerhin ist er der Bundeskanzler, seit 1949 schon, und seit vier Jahren auch noch Außenminister." Sie trinkt einen Schluck Kaffee. Dann redet sie weiter. „Auf jeden Fall konnte Adenauer in Russland erreichen, dass Kriegsgefangene ausgetauscht wurden, dass viele Gefangene, die noch in den Lagern leben, dass die zurückkämen."

„Und deren Namen werden jetzt jeden Abend durchgegeben", fragt Hermann.

„Genau, das ist es", sagt die Mutter. „Alle neuen Heimkehrertransporte werden, wenn sie die Grenze passieren, alphabetisch nach Namen sortiert, und die Namen der Heimkehrer werden dann durchgegeben, damit die Angehörigen sie in dem Lager Friedland abholen können."

„Was die sich wohl freuen", sagt Hermann. Aber dann wird es Zeit für die Schule. Sie müssen jetzt ganz schnell los.

Mutter ist gut drauf

Sie haben viel zu lange geredet, dafür ist morgens eigentlich keine Zeit. Sie wickeln noch schnell ihre Brote ein.

Die Mutter macht den Rest. Sie sagt sogar: „Ich deck gleich den Frühstückstisch ab."

Sonst helfen sie immer und dann huschen sie zur Schule, sie müssen heute noch einen Schritt zulegen. Aber es war schön, sich so zu unterhalten beim Frühstück. Gewöhnlich wird Zeitung gelesen oder geschwiegen.

17

Am Freitag gibt es immer Eintopf und Vanillepudding. Da wird der Flur draußen gewischt und die lange dunkle Treppe bis untenhin. Und am Samstag wird der Hof gefegt und die Straße vorm Haus. Muss alles blitzen zum Sonntag.

Der Sonntag ist der Tag der Ruhe, der Tag der guten Kleider, der Kirchtag und auch der Tag der Vorsuppe am Mittag. Der Sonntag ist der Tag der gestickten Schürzen und der Tag, an dem fast alle die Hände in den Schoß legen und einfach sagen: „Es ist gut so."

Genaue Einteilung der Wochentage

Mit dem Sonntag beginnt die Woche.

Und am ersten Montag im Monat ist Waschtag. Da sind alle Frauen schon morgens früh in der Waschküche verschwunden. Aus der Waschküche steigt dicker Dampf auf, der riecht nach scharfem Waschpulver, und die Oma ist an diesem Tag häufig da, weil ja alle in der Waschküche sind.

Wenn dann mittags alle um den Tisch sitzen, auch die Waschfrau, die extra noch für diesen Tag angeheuert wird, sehen sie nach draußen, ob man die Wäsche im Garten aufhängen kann oder ob sie in den Keller kommt und auf den Dachboden.

So ist die ganze Woche aufgeteilt. Es gibt Waschtage und Putztage.

Mama stöhnt immer, weil es so viel Arbeit ist. „Aber es muss sein“, sagt sie.

Manchmal gibt Oma den Kindern fünfzig Pfennig, damit sie durchrennen durch das Frischgewischte. Wenn die Schuhe ganz schmutzig sind, gibt es sogar eine Mark. Dafür schimpft Mama dann und die Kinder riskieren, ein paar hintendrauf zu bekommen. Aber sie tun es immer wieder. Oma lacht sich kaputt. Sie hilft aber der Mutter dann. Anschließend gehen die Kinder mit der Mark zu Grafes an der Ecke und drücken sich die Nasen an der Schaufensterscheibe platt, weil sie nicht wissen, was sie sich kaufen sollen. Anna möchte gern eine moderne Vase für ihr Zimmer, nicht so eine altmodische, wie Oma die hat. Aber dafür muss sie erst noch ein paarmal durchrennen.

Es gibt Linsensuppen- und Erbsensuppentage und es gibt Vanillepuddingtage.

Alles hat seine Ordnung. Und Sonntag ist Ruhetag.

Und am Montag geht es weiter.

18

„Es soll keinen Prozess geben“, sagt ihr am nächsten Morgen Gertrud.

Eigentlich will sie Gertrud von gestern erzählen. Von dem Blut, von allem. Aber …

Und von hinten hört sie Georg herumtönen: „Mein Vater hat den Antrag gestellt, es soll keinen Prozess geben. Wofür auch einen Prozess? Es weiß doch sowieso keiner, wer es war.“

Anna springt hoch. Sie weiß doch, wer es war. Und der weiß doch, dass sie es weiß? Der muss das gerade sagen! Ob ihr jemand glaubt? Ob man ihr vor allen Dingen glaubt, wenn sie jetzt plötzlich sagt, sie habe alles gesehen. Bestimmt nicht. Oder?

Anna rennt hinaus, Anna rennt zur Toilette. Sie sieht ihr Gesicht im Spiegel: die blauen Augen, die dünnen Haare um den Kopf herum, das fein geschnittene Gesicht. Die blasse Haut, immer blasser, seitdem sie sich mit dem Gedanken herumquält: Soll sie es sagen, soll sie es nicht sagen? Mit keinem hat sie bisher darüber gesprochen. Nur einmal hat sie Georg gefragt. Und Georg hat die Tat bestritten. Blödmann. Lügner. Lügner!

Dann würde er sie nämlich wieder bestreiten und sie würde sagen: Er war es, er hat getreten! Und wem würde man glauben? Ihm?

Sie hat keinen zum Sprechen. Die Mutter nicht. Die hat doch mit ihren Sorgen zu tun. Obschon, wenn Mama ihr über den Kopf streichelt … Den Vater nicht. Mit dem könnte sie vielleicht sprechen, aber er spricht nie mit ihr. Das ist bei Vätern so. Das weiß sie auch von andern. Die Oma? Kann sie mit der sprechen? Aber die hat auch Angst. Alle haben Angst. Wovor eigentlich?

Sie schaut sich im Spiegel in die Augen. Sie sucht in den Augen die Entscheidung.

Und plötzlich stemmt sie die Hände in die Hüften, schaut sich entschiedenen Blickes an und sagt in den Spiegel hinein:

„Ich werde es sagen."

Aber damit weiß sie immer noch nicht, wie sie es tun soll.

Soll sie jetzt zum Direktor laufen und ihm sagen: „Ach, ich hatte da etwas vergessen, ich wollte noch nachholen zu meiner Aussage …"

Soll sie direkt zum Gericht laufen?

Oder soll sie es ihrer Mutter sagen? Oder ihrem Vater? Oder einem ihrer Brüder?

Wird ihr jemand glauben?

Die Fragen drehen sich im Kreis.

Sie will es sagen. Sie muss es sagen. Jetzt, wo der Prozess schon niedergeschlagen wird.

Die Wahrheit muss heraus. Auch wenn es Unterschiede gibt zwischen Menschen. Die Wahrheit muss heraus.

Und was passiert mit Georg. Die Angst kriecht wieder hoch.

Aber trotz allem: Sie wird es sagen.

19

Ja, sie wird es sagen!

Aber als sie nach Hause kommt, steht die Mutter in der Küche. Sie sagt nur kurz: „Dein Zimmer hättest du aufräumen können."

Die alte Leier. Mama ist noch pingeliger als sonst, jetzt wo die Oma da ist.

Und Anna will doch jetzt alles sagen. Aber wie?

Sie ist so voll von Fragen. Durchwühlt, durcheinander.

Da wirkt der Satz: „Dein Zimmer hättest du aufräumen können", wie eine Keule, wie etwas, was sie mit Absicht noch mehr durcheinander schütteln soll. Mama ist so weit entfernt. Mama, Mama. Hat Mama denn gar kein Interesse an dem, was sie, die Anna, bewegt?

Die Mutter wartet auf Antwort, aber Anna hat keine Antwort. Sie brauchte jetzt jemanden, der ihr zuhörte.

„Willst du nicht antworten?" Die Mutter holt Luft und fragt: „Warum hast du dein Zimmer nicht aufgeräumt?"

„Darum", sagt Anna. Sie hat keine Luft mehr.

„Auch noch frech werden."

Anna wendet sich ab, will die Treppe hinauf. Der Mutter kann sie es auf keinen Fall sagen.

„Gib mir erst Antwort.“

Anna bleibt stehen. Stumm. Ob sie es der Oma sagen kann?

„Wenn du keine Antwort gibst, hast du Hausarrest, verstanden?“

Oder dem Vater. Der hat doch mit solchen Sachen zu tun. Im Gericht. Auf jeden Fall denkt Anna das. Auch wenn er nicht drüber spricht.

„Willst du immer noch nicht sprechen?“

Anna schüttelt den Kopf hinter dem Rücken der Mutter. Sie hat keine Worte, die die Mama erreichen. Sie ist stumm.

Die Mutter schimpft: „Wie ein stummer Fisch bist du.“

So wie alles hier stumm ist, denkt Anna.

Hier spricht man nicht. Auch wenn man spricht. Hier läuft jeder mit seinen eigenen Sätzen im Kopf herum.

Die Mutter steht dort, noch ihr Schälmesser in der Hand. „Schau dir deine Mutter an“, sagt sie. „Willst du so arbeiten wie sie, immer. Immer und immer?“

Anna bleibt stehen. Sie schaut ihre Mutter an, sie hält den Blick aus.

Die Mutter stellt sich vor sie. „Gib Antwort, willst du das wirklich? Arbeiten, arbeiten, arbeiten. Immer schuften für die anderen, da sein und alles verfliegt in einem Augenblick?“

Anna schweigt.

„Gib endlich Antwort, freches Gör."

Anna schweigt. Die Mutter versteht nichts.

Anna möchte am liebsten schreien: Die Wahrheit muss heraus. Wie soll ich alles sagen?

Die Mutter geht zurück in die Küche, knallt die Tür: „Dir werde ich es beibringen!" Und dann öffnet sie noch einmal die Tür zu Anna. Und ruft: „Im Augenblick weiß ich noch nichts, ich werd mir was überlegen. Dir werd ich's beibringen."

Anna schaut die Mutter an, geht stumm die Treppe hinauf. Sie schließt ihre Zimmertür. Sie setzt sich auf den Stuhl.

Was soll sie tun?

Die Mutter ruft noch hinterher: „Schäm dich!"

Schäm dich!

20

„Georg", sagt Anna, sie steht direkt hinter ihm, „Georg, können wir mal sprechen."

Die anderen spielen ein Spiel. Bei diesem Spiel muss einer

ein Feld ziehen um sich herum – und die anderen stellen sich rund um dieses Feld und ziehen auch Kreise um sich. Das sieht aus wie eine große Blume, ist aber ein Kriegsfeld. Dann gehen sie alle an die Seite und werfen von einem Punkt aus mit Küchenmesserchen. Küchenmesser kippen nicht so schnell. Wenn der Boden weich ist und das Messer mit der Spitze in den weichen Boden trifft und stecken bleibt, dann kann man von da aus Linien ziehen bis zu dem eigenen Feld und das Land dazwischen ist erobert.

„Georg", Anna zieht ihn an der Jacke.

Georg dreht sich kaum um. Aber sie will noch mal mit ihm sprechen. Das hat sie sich überlegt. Vielleicht ist das ein Weg.

Jedes Feld hat einen Namen: Deutschland oder Frankreich oder England oder Italien. Russland will keiner sein. Der, der als Letzter übrig bleibt, muss es dann doch werden.

Anna kriegt immer einen trockenen Mund und so ein dumpfes Gefühl im Bauch, wenn sie Russland ist.

„Das ist die Angst", hat Oma gesagt. „Die ist eben da. Aber beim Spiel brauchst du die doch nicht zu haben, Anna."

Aber trotzdem.

Heute ist Anna Russland. Sie wirft ihr Messer.

„Die Kommunisten wollen die ganze Welt erobern", sagt Dieter.

Georg grinst sie jetzt an. „Toll geworfen."

Anna zuckt zusammen. Und sie wird ein bisschen rot. Und sie wollte doch mit Georg sprechen. Das geht natürlich nicht zwischen den andern. Eigentlich spielt sie das Spiel überhaupt nicht gern. Aber endlich redet Georg mit ihr. Sie zupft ihn wieder, aber er geht weg. Sie haben Schulschluss. Sie will erst hinter ihm her. Aber dann geht sie doch nach Hause. Vielleicht kann sie ja heute mit Oma sprechen.

Obschon, mit Georg zu sprechen das hätte sie besser gefunden. Aber der wollte ja nicht und hat sich deswegen so schnell verzogen.

Auch „Deutschland erklärt den Krieg" spielt Anna nicht gern. Und das sind auch alles Jungenspiele. Berni sagt das immer; aber dann dürfen Cilli und Anna doch mitspielen, weil sie immer die Messerchen stibitzen.

Beim Seilspringen singt Cilli:

„Der Onkel aus Amerika,
der ist gut, ist immer da.
Der schickt uns Käse, Wurst und Speck
und schießt uns schnell die Russen weg."

„Lass das mal", sagt Oma, die gerade vorbeikommt und raufgehen will. „Politik ist ein schmutziges Geschäft."

„Warum?“, fragt Anna später, als sie nach oben gegangen sind, „warum ist Politik ein schmutziges Geschäft?“

„Irgendwie stimmt das ja alles, was ihr da singt“, sagt Oma, „und doch stimmt es auch wieder nicht: Der ist gut, ist immer da …“

Anna sortiert gerade ihre neuen Federn ein in ihre Federnsammlung. Sie hat eine sehr schöne Feder auf der Straße gefunden: eine Perlhuhnfeder – und sie beschreibt der Großmutter, wie schön das Perlhuhn aussah. Es gehört der Frau Meyer, die hat das Huhn oft in der Küche. Die Feder ist dunkelbraun und hat kleine weiße Punkte.

„Diese und die Pfauenfeder sind meine besten“, sagt Anna. Und legt sie in den Pappkoffer unter ihre Kleidung.

„Du, Oma“, sagt sie dabei. Das sagt sie immer, wenn etwas sehr Kompliziertes kommt.

„Duu, Oooma!“

„Ja?“, sagt die Oma.

„Wenn man etwas sehr sicher weiß, muss man es dann sagen?“

„Das kann ich so nicht beantworten“, sagt Oma, „das kommt drauf an.“

„So“ – Anna macht eine Pause. „Und worauf?“

„Ach, lass das mal, Kind, das ist genauso schwierig wie Politik.“

Oma will nicht mehr darüber sprechen, dann wird sie immer so unwirsch. Anna versucht es noch mal. Aber Oma wischt es wieder weg.

Da fragt Anna wenigstens:

„Wie ist das denn jetzt mit den Amerikanern und den Russen?"

„Ach", sagt Oma. „Es ist klar, die Amerikaner kämpfen für die Freiheit. Sie wollen Freiheit für alle. – Und wir haben alle Angst vor den Kommunisten und vor dem Osten, dass sie uns überfallen. Uns überrollen, auf einmal. Und das ist auch berechtigt. Aber keiner kann mit Recht sagen: Die einen sind gut und die anderen sind schlecht. Das ist zu einfach. Das gibt es nur im Märchen. Wir leben aber nicht im Märchen."

Vielleicht ist das ja bei Georg und Helmut auch so, denkt Anna. Aber das sagt sie nicht, denn mit Oma kann man auch nur über das reden, was sie will!

Und eigentlich wollte Anna an diesem Abend wie immer beten: „Lieber Gott, mach, dass die Russen heute Nacht nicht kommen, und mach die Amerikaner stark." Aber dann betet sie: „Lieber Gott, mach, dass alles gut wird." Und damit meint sie vor allem das mit Georg. Das mit Helmut kann ja gar nicht mehr gut werden.

Und das betet Oma mit. Nur Oma meint etwas anderes als sie.

Aber dann fragt sie doch noch:

„Wie ist das denn, Oma, mit den Flüchtlingen? Warum fliehen die?“

„Die fliehen vor den Kommunisten“, sagt Oma, „das stimmt. Viele meinen, sie könnten da nicht leben. Sie müssen gehorchen. Dem, was die Regierenden befehlen. Schlimmes tun dabei. Müssen immer den Mund halten. Sie werden verdächtigt, wenn sie anders sind. Das haben sie schon lange genug unter Hitler getan. Und jetzt können sie nicht mehr. Und sie lassen alles zurück: Freunde, Verwandte, ihre Wohnung. Alles.

Fliehen – das ist eine wirkliche Entscheidung für sie. Ein Schnitt. Ein Riss. Eine Entscheidung für ein anderes Leben.“

Anna und Oma erzählen sich noch lange etwas: von den Flüchtlingen, wie sie alles zurücklassen, von der schrecklichen Flucht. Von Kindern, die ihre Eltern verlieren.

Und Anna will eigentlich fragen, warum der Georg und seine Familie und alle die Flüchtlinge so sehr verachten – und ob sie gar nichts wissen von all dem.

Doch irgendwann schläft Anna dann ein und Oma geht leise in ihr Bett.

Und Anna spürt genau: Da ist ein Riss. Der geht von Georgs Vater über Georg auch zu ihrer Mutter und quer durch die Köpfe. Und er verbietet, die Trauer zu sehen und das

Weinen – und die Flucht und das Warten und die Tränen von Helmuts Mutter.

Er geht mittendurch und macht die Menschen hart. So hart, dass keiner mehr durchkommt, auch nicht mit Worten.

21

Die Zeit der Sommergewitter.

Die Mutter und Anna haben noch kein Wort wieder miteinander gesprochen seit ihrem Streit.

Herrliche Zeit, schreckliche Zeit, heiße Zeit, unruhige Zeit: Über Tag juckt die Haut von der Hitze und von den Gewitterwürmchen, diesen klitzekleinen, schwarzen Tierchen, die sich in jeder Hautritze einnisten. In den Zimmern riecht es nach Wärme, nach Sommer. Aber es liegt etwas in der Luft.

Gewitter. Die Luft brütet etwas aus. Und dann plötzlich in der Nacht knallt es. Alle schrecken hoch, sitzen in ihren Betten, noch halb im Traum. Da, wo gleich ein Blitz die Dunkelheit aufreißt. Nur einen Augenblick lang – und dann?

Dann im langen Nachthemd den Weg ertasten zur Kerze. Lichter dürfen nicht angemacht werden bei Gewitter. Warum, weiß keiner. In der Nachbarschaft heult ein Hund. Die Fenster stehen offen, sodass jedes Geräusch auf der Straße so nah ist wie die knarrende Tür von Mamas und Papas Schlafzimmer, die gerade ganz vorsichtig geöffnet wird.

Mutter und Oma stehen dort im langen wallenden Gewand, das Haar – tagsüber zum Knoten gebunden – hängt lang herunter. Halb Gespenst, halb Geist. Die Mutter! Daneben die Oma.

Da, wieder ein Blitz, ein Donner. Jetzt entlädt sich der Himmel. Es ist hell von Blitzen und dunkel vom Donner. Die Kerze auf dem Tisch, die beiden auf dem Sofa hockend. Omas Arm um Anna gelegt: lauschen, horchen, zusammenzucken, erschrecken.

Angst?

Und Georg war es, denkt Anna.

„Mama, schimpft da der liebe Gott?"

Jeder geht in sich. Was war gestern? Mama bekreuzigt sich, spricht ein Stoßgebet. Aber sie ahnt nichts von Annas Kummer.

„Jesses Maria!"

Anna hat Schuldgefühle, weil sie es gesehen hat, weil sie nicht geschrien hat, weil sie nichts sagen kann.

Und jetzt prasselt der Regen. Er klopft an die Mauern und auf die Straße. Die Fenster zu! Schon zu spät, die Fensterbank ist klitschenass. Die Mutter schimpft. „Immer diese unnötige Arbeit!" Oma beruhigt.

Sie pressen die Nasen an die Scheibe, schauen hinaus. Wenn es blitzt, sieht es aus, als würde der Himmel entzweigeschnitten. Hier die Guten, da die Bösen, denkt die Mutter wohl und ans Jüngste Gericht; daran denkt Anna auch. Und dann steht sie bei den Bösen, weil sie geschwiegen hat. Und weil sie schweigt.

Da, plötzlich ein lauter Schlag. Das war hier im Haus! Oder doch nicht? Sie gehen hinaus. Da sind auch die anderen, alle mit Nachthemd und Kerze. Die Schatten huschen unruhig über die Treppe. Gegenüber die alte Eiche hat es erwischt. Man sieht es deutlich, wenn die Blitze aufleuchten. Sie ist mittendurch gespalten, als wäre das ein Kinderspiel. Und Wind und Sturm und Regen peitschen weiter gegen die Scheiben.

Die alte Eiche. Mama erinnert sich noch daran, als der Baum kleiner war. Aber das Gewitter verscheucht die Gedanken mit lautem Getöse. Anna zählt: „Vierundzwanzig, dreiundzwanzig, zweiundzwanzig, einundzwanzig …" Dann kracht ein Donner – schon nicht mehr so laut. Das Gewitter verzieht sich.

Die Fenster öffnen sich wieder, leise, vorsichtig, schüchtern. Hallende Schritte unten auf der Straße. Wer kann das jetzt sein? Die Mama schaut. Sie schließt die Vorhänge.

„Deck dich nicht so hoch zu, Anna, es ist noch zu heiß. Und schlaf schön." Die Mama streicht ihr über den Kopf.

„Mama, darf ich ein bisschen zu dir?"

„Ja, komm, Mädchen."

Anna kuschelt sich ganz nah heran. Die Wärme ist gut, auch wenn es draußen noch schwül ist. Die Nähe tut gut. Jetzt. Anna kuschelt sich in die Kuhle neben die Mama. Jetzt schläft Mama.

Anna liegt lange wach und lauscht in die Nacht, die jetzt wieder still ist.

22

Als sie in der Schule ist, kommt Thea Peitzmeier gerannt.

„Toni Kappernagels Vater kommt zurück, Linus Kappernagel. Er kommt mit dem nächsten Transport. Kappernagels fahren hin, nach Friedland. Heute schmücken wir das Auto!"

„Toni Kappernagel“, fragt Anna, „ist das diese schiefe, die so hinkt?“ Cilli nickt.

„Die sollen sogar einen Empfang bekommen in der Kirche“, sagt Thea Peitzmeier, „mit Pfarrer und Bürgermeister, alle können kommen.“

Anna möchte auch dahin, aber morgen ist die Beerdigung.

Und als Anna Oma davon erzählt, sagt sie: „Es gibt eben Leute, die werden mit einer Glückshaut geboren.“

23

Sie läuft über Tag durch die Stadt. Die Unruhe treibt sie.

In der Stadt trifft sie Frau Püffgen, Helmuts Mutter. Wieder das schlechte Gewissen. So, als hätte sie den Helmut umgebracht. Das ist es ja! Der Georg, der es getan hat, hat es nicht. Aber sie! Sie hat's. Das schlechte Gefühl.

Und stimmt das nicht? Hätte sie nicht schreien müssen, als Georg zutrat. Ist sie schuld?

Ein bisschen: ja. Diese Schuld hat sie innendrin. Sie hätte schreien müssen! Sie hätte den Helmut schützen müssen!

Aber ein Mädchen schreit nicht! Mädchen, die schreien, und Hähnen, die krähen, denen soll man beizeiten die Hälse rumdrehen. Sie hat nicht geschrien. Nein. Frau Püffgen schaut sie an.

Anna schaut hinunter. Sie fühlt sich schlecht, gibt ihr aber die Hand. „Guten Tag, Frau Püffgen."

„Guten Tag, Anna", sagt Frau Püffgen.

Was soll sie sagen? Sie weiß nichts zu sagen.

Doch da fängt Frau Püffgen schon an: „Ich laufe einfach so durch die Stadt, ich weiß nicht, was ich tun soll." Sie schluchzt, sie wischt sich die Tränen. „Was soll ich tun? Wohin soll ich gehen? Helmut ist tot. Helmut war alles, was ich hatte." Sie weint. „Und dann soll es eventuell doch einen Prozess geben. Davon ist Helmut auch nicht wieder da." Sie steht vor Anna. Anna gibt ihr noch einmal die Hand, wie um ihr damit zu sagen: „Ich bin ja jetzt da."

Aber sie weiß auf der anderen Seite, dass das kein Ersatz sein kann für Helmut.

Und einen Prozess soll es geben? Warum plötzlich?

Leute laufen an ihnen vorbei, es ist Markt. Sie laufen mit Kartoffeltüten, mit Körben mit Blumen, sie laufen mit Gemüse, Obst und Salatpflänzchen.

Frau Püffgen weint. „Mach's gut, Anna, wir sehen uns sicher noch."

Damit meint sie die Beerdigung. Morgen. Anna nimmt ihre Beine in die Hand und rennt nach Hause.

„Ein Prozess", wirbelt es in ihrem Kopf. Und wieder und wieder: „Dann muss ich reden!" Sie rennt.

In der Tür die Mutter.

Anna windet sich an ihr vorbei, rennt die Treppe hinauf. Die Mutter schüttelt den Kopf.

„Was ist bloß mit dem Mädchen?"

Kann die Mutter nicht selbst darauf kommen? Denkt die Mutter nur an sich? Doch diesen Gedanken muss Anna wegwischen. Sofort. Das darf man nicht denken.

„Die gute Mutter", murmelt sie. Das sagt ihr Vater immer! „Die gute Mutter!"

Sie setzt sich an den Tisch, sie starrt in die Luft. Sie ist allein. Helmut ist tot. Die Mutter ist gut. Und sie ist so schlecht, weil … Und Georg?

24

Die Beerdigung. Schwarze Anzüge, schwarze Kostüme, sogar Schleier vorm Gesicht unter schwarzen Hüten. Alles schwarz. Und so ist es auch in ihrem Kopf.

Helmut wird beerdigt. So schallt es durch ihren Kopf. Und immer wieder der Gedanke: Georg war es.

Und gleichzeitig die Erkenntnis dabei: Selbst wenn sie es sagt, davon wird Helmut nicht wieder lebendig.

Vor ihr geht Helmuts Mutter. Sie lässt den Kopf sinken, immer plötzlich, langsam. Und plötzlich geht der Kopf wieder hoch, so als würde sie sich in dem Augenblick sagen: Reiß dich zusammen, Haltung bewahren. Ein Hin und Her zwischen Niedergedrücktsein und Aufstehen. Gehen.

Die Mutter trägt einen Schleier. Man sieht ihr Gesicht nicht. Nicht die Tränen, nicht ihren Kummer, der in das Gesicht eingeschnitten ist, so wie sie es auf der Straße gesehen hat. Und die Augen sind kleiner geworden, sie schauen kaum noch die Welt an, verschlossen, nach innen. Die Erinnerung an Helmut!

Und trotzdem. Sie müssen offen sein, denn immer noch werden jeden Abend Namen durchgegeben, die Namen der Heimkehrer. Und alle hocken vor ihren Volksempfängern und lauschen und lauschen, Nacht für Nacht. Jede Nacht davor sitzen, jede Nacht um zwei noch einmal hören. Noch nicht glauben, dass er wirklich nicht dabei ist, und doch dann um drei Uhr ins Bett gehen, traurig darüber, dass wieder der Name nicht dabei war. Traurig darüber, dass er wahrscheinlich doch tot ist.

Der Pfarrer predigt. Er spricht von Schuld und Unschuld. Die Geschichte von Kain und Abel.

„Bin ich der Hüter meines Bruders?"

„Ja, wir alle sind es!", ruft er. „Ja, ja, ja."

„Und wer ist mein Bruder?"

„Jeder!"

Auch der Flüchtling?, fragt Anna sich. Ist da nicht der Unterschied? Flüchtlinge und Einheimische sind keine Brüder.

Da ist keiner der Hüter!

Der Krieg hat nicht aufgehört. In den Köpfen nicht. Auf dem Papier hat er aufgehört. Ja. Und mit Waffen, ja. Aber nicht in den Köpfen. Nebeneinander Freunde und Feinde. Zusammen hinter dem Sarg.

Nur keiner spricht mehr darüber.

Der Krieg ist stumm geworden. Es wird gelogen, verschoben, vertuscht. Der Krieg hat alle stumm gemacht.

Und da soll sie sprechen?

Sie, die kleine Anna? Keiner wird ihr glauben!

Gestern wollte sie zum Direktor gehen oder zu Herrn Brate – schließlich sogar zum Gericht. Einfach so. Und hat es doch nicht getan.

Der Krieg ist stumm in den Köpfen der Leute. Auch in ihrem. Und die Worte sind auch kraftlos geworden und stimmen nicht mehr.

„Kain und Abel“, sagt der Pfarrer.

„Wer ist mein Bruder?“, ruft er. Und er rührt an die Wahrheit, aber spricht sie nicht aus. Kain müsste aufstehen, reden. Kain kann nicht aufstehen. Und doch: er könnte.

Auf dem Sarg drei Kränze: Kränze mit großen Schleifen. Der mit der kleinsten Schleife ist von Helmuts Mutter. Daneben einer von der Klasse. Und dann ein riesiger mit roter Schleife von Georg und seiner Familie. Warum Georg und seine Familie? Ist der Kranz das schlechte Gewissen? Was weiß Georgs Vater? Ist die Röte des Kranzes die Scham, die eigentlich in Georgs Gesicht sein sollte? Weiß Georgs Vater alles? Ist der Kranz eine Anklage an die Familie selbst, weil sie die eigentliche Klage niedergeschlagen hat? Freunde und Feinde. Freunde und Feinde. Anna geht mindestens zehn Reihen hinter der Mutter her, an der Spitze der Klasse. Hinter ihr Georg. Georg will immer neben ihr gehen. Anna will nicht. Sobald Georg neben ihr auftaucht, geht sie schneller oder wartet, dass sie zwei, drei Schritte zurückbleibt.

Aber Georg will ihr etwas sagen. Doch nicht auf einer Beerdigung! Sie will nicht mit Georg gehen. Sonst nicht und auch nicht auf der Beerdigung. Sie mag nicht. Georg kommt wieder. „Anna“, sagt er. Aber sie rennt weg. Der rote Kranz.

Und Anna wird fast schlecht vor Wut. Diese ohnmächtige, blinde Wut. Wohin damit? Freunde und Feinde, Freunde und Feinde. Sie kann sich doch nicht auf Georg stürzen, sie kann ihn nicht zusammenboxen, so wie er es eigentlich verdient hätte. Sie als Einzige weiß genau, dass Georg derjenige war, der mit seinen schweren Schuhen den Helmut getötet hat. Denn inzwischen wissen alle, dass Helmut an einer Gehirnblutung gestorben ist. So die Diagnose des Arztes. Eine Obduktion ist nicht erfolgt, weil Helmuts Mutter das nicht wollte: „Davon wird er auch nicht mehr gesund.“ Die Mutter allerdings bestärkt durch Georgs Vater, der bei ihr war, der sie beraten hat. Beraten? In wessen Sinn? Beraten, um Schwierigkeiten von seinem Sohn fernzuhalten? Beraten, um seinen eigenen Vorteil herauszuholen? Und wieder: Was weiß Georgs Vater? Hat Georg ihm erzählt?

Anna schreitet hinter dem Sarg her. Äußerlich ruhig, innerlich wie ein bellender Hund. Aber darf sie wütend sein auf der Beerdigung von Helmut? Die Wut türmt sich in ihr. Die Wut, die sie kaum die Worte des Pfarrers wahrnehmen lässt. „Kain und Abel.“

„Bin ich der Hüter?“

Der Pfarrer, der am Grab davon spricht, warum Gott das zulässt? Woher weiß er, dass Gott das zulässt? Vielleicht ist Gott ja genauso zornig und lässt es gar nicht zu.

Der Pfarrer, der sagt, wie hilflos wir Menschen sind. Da hat er Recht. Helmuts Mutter vor dem offenen Grab. Mit ihren Tränen. Warum lässt Gott das zu? Die Mutter mit ein paar Rosen, die sie Helmut nachwirft. Und mit ihrer Hoffnung, dass heute Nacht vielleicht, genau in der Nacht, wo ihr Sohn beerdigt ist, ihr Mann zurückkommen mag.

Männer schaufeln ein bisschen Erde in das Grab, Frauen werfen ein Röschen. Der Posaunenchor bläst: „Gott ist meine Zuversicht.“

Anna hält sich mitten vorm Grab die Ohren zu, weil sie die Wörter im Kopf nicht mehr hören will. Aber sie sind im Kopf. Sie knäulen sich, sie verwirren.

Ihre Mutter steht in der Küche, als sie zurückkommt. „Wie war's?“

Als wenn das ein Klassenausflug gewesen wäre. Anna rennt in ihr Zimmer. Anna trommelt aufs Bett. Sie trommelt gegen die Wand. Da macht die Mutter die Tür auf und sagt kurz: „So was tut man nicht, reiß dich zusammen.“ Anna starrt ins Leere.

Was tut man nicht? Jemanden töten?

Was tut man nicht? Vertuschen?

Was tut man nicht? Alles verdrehen?

Was tut man nicht? Alles niederschlagen?

Was tut man nicht? Stumm bleiben?

Was tut man nicht?

„Schäm dich“, sagt die Mutter. Weil Anna einfach weiterboxt.

Und die Mutter weiß nicht, wovon sie spricht.

25

Und am nächsten Tag läuft Anna plötzlich los. Zu den Nissenhütten. Seit der Beerdigung weiß sie, dass sie zu Helmuts Mutter will, um mit ihr zu reden. Und sie hat ihr ja auch versprochen wiederzukommen. Damals, als sie mit Helmut dort war. Nur, ob das jetzt noch gilt, weiß sie nicht.

Plötzlich ist dieser Gedanke hochgekommen. Sie geht zu den Nissenhütten, sie zögert noch. Sie läuft zwischen den Hütten. Viele Menschen stehen vor der Tür, unterhalten sich. So wie damals.

Sie klopft an die Tür.

Helmuts Mutter öffnet. Sie hat am Tisch gesessen vor einer Tasse Kaffee. In der Küche, an deren Wänden noch drei Betten stehen.

Sie bittet Anna mit an den Tisch.

Sie hat verweinte Augen. Annas Blick fällt auf die Tür in der Ecke. Das ist jetzt das Zimmer der Mutter. Da wohnt sie jetzt allein. Anna setzt sich.

Und als Anna da sitzt, schleudert alles einfach so aus ihr heraus. Sie erzählt von dem Kampf und von Georgs Tritten. Wie in Rage erzählt sie schnell, knapp und alles.

Ihr Blick schweift dabei umher, als suche sie einen Haltepunkt.

Der Volksempfänger steht auf dem Tisch und die Postkarte von Helmuts Vater steckt noch immer dort in der Schranktür.

Heute Nacht werden wieder Namen durchgegeben. Hoffnung. Immer wieder Hoffnung. Immer wieder neu.

Helmut hatte Anna die Postkarte gezeigt. Damals. Er hatte sie sehr behutsam herausgezogen und vorgelesen. So behutsam, wie Helmut gewesen war! Und dabei hatte er sich mit dieser gewohnten, halb verlegenen Geste mit der freien Hand über das kurz geschnittene dunkelblonde Haar gestrichen. Seine braunen Augen hatten sie angesehen – wie zur Prüfung. Ob er seinem Vater ähnlich sah, mehr noch als der Mutter?

Anna schaut die Mutter an mit ihren dunklen, lockigen Haaren und dem Lächeln trotz allem.

Helmuts Mutter rührt in ihrer Kaffeetasse. Das beruhigt. Anna blickt wieder auf, auf die Tür. Ob hinter der Tür jetzt ein Bett abgeschlagen ist, das von Helmut?

Und dann ihre plötzliche Frage:

„Wenn es jetzt einen Prozess gibt, muss ich dann alles sagen? Muss ich reden?"

Das ist Annas Frage an Helmuts Mutter.

Helmuts Mutter nickt sofort. Sie nickt und sagt: „Ja, du musst reden. Auch wenn der Helmut davon nicht wieder lebendig wird."

„Und wenn sie mir nicht glauben?"

„Die Wahrheit ist nicht von dem abhängig, was die Menschen glauben", sagt Helmuts Mutter. Und dann fügt sie hinzu: „Es wird einen Prozess geben. Ich habe Anzeige erstattet." Das sagt sie kurz und knapp. Anna holt Luft. Helmuts Mutter hat also ein Zeichen gesetzt, auch wenn ihr Helmut davon nicht wieder lebendig wird.

Plötzlich weiß Anna, was sie zu tun hat. Sie wird auch ein Zeichen setzen. Handeln steckt an. Sie steht auf. Sie läuft nach Hause.

Anna rennt. Und Anna merkt, dass sie rennen muss, bis die Wahrheit klar heraus ist.

Da sieht sie von weitem Georg. Sie geht auf die andere Straßenseite. Sie will ihn nicht sehen. Aber er dreht um. Ob er ihr folgt?

Sie bleibt stehen, sie schaut an den Häusern hoch.

Sie ahnt ihn hinter sich.

Anna kaut auf dem Kragen ihrer Bluse herum vor lauter Aufregung.

Wird sie verfolgt von Georg?

Die Spitze des Kragens reicht gerade bis in den Mund.

Sie wickelt eine Haarsträhne um den Finger. Was will Georg? Sie rennt, sie weint. Sie wischt selbst ihre Tränen ab. Sie läuft durch die Stadt.

Plötzlich steht Georg wieder vor ihr. Er schaut ihr mitten ins Gesicht. Sie schaut weg. Sie schauen sich kurz an, sie schauen beide weg.

Was will Georg? Georg, der sie ausgelacht hat, der den Helmut einen Stoffbuxenheini genannt hat.

„Ich wollte dir etwas sagen", murmelt Georg, „ich wollte dir noch etwas sagen."

„Tu es doch, tu es doch", möchte sie schreien.

Aber Georg ist heute anders, das merkt sie sogar in ihrer Wut.

Ist das, weil sie allein sind? Und er sieht schlecht aus. Ob er sich genauso quält wie sie?

Er allein: da braucht er nicht mehr den Großen zu spielen. In der Trauer ist jeder klein. Kann wieder groß werden, langsam, durch die Tränen.

„Ich wollte dir etwas sagen“, stottert Georg. Wieder und wieder.

„Tu es doch endlich“, sagt sie patzig.

Wie oft sagt er das noch?

Georg, der Sichere. Und:

Will sie überhaupt etwas gesagt bekommen von ihm?

Sie weiß schon zu viel. Sie hält sich die Ohren zu. Sie dreht sich um und will fortlaufen.

Sie würde am liebsten schreien. Aber schreien tut man nicht. Oder? Nein, sie weiß: Manchmal muss man sogar schreien.

„Ich wollte das nicht“, murmelt Georg.

Und während sie ihn anschaut, sieht sie, wie seine Augen plötzlich feucht werden, wie sich Tränen in den Augenwinkeln sammeln und eine Träne sich an der Nasenwurzel entlang nach unten den Weg bahnt.

Georg weint.

Steht vor ihr und wiederholt: „Ich wollte es nicht.“ Und murmelt noch einmal: „Wirklich wollte ich das nicht.“

„Wirklich?“

Er nickt. „Du musst mir das glauben. Ich wollte das nicht.“ Und er zeigt plötzlich an sein Herz, er klopft dahin und dann sagt er ganz laut, als sollten es alle hören: „Da innen drin wollte ich es nicht, ich wollte es wirklich nicht.“

Er sagt es sehr laut. Einige Leute bleiben stehen, schütteln den Kopf.

„Ein Junge weint nicht.“ „Ein Junge zeigt keine Gefühle.“ „Ein Indianer kennt keinen Schmerz.“ Sprüche, die Anna in den Sinn kommen, Schleifen ziehen, in Zweifel gezogen, wieder zurückkehren.

Und plötzlich, wie von selbst nimmt sie für einen kleinen, flüchtigen Augenblick Georgs Hand, schaut ihm in die Augen und fragt noch einmal: „Du wolltest es nicht?“ Wie zur Bestätigung.

Er schüttelt den Kopf: „Nein, ich wollte es nicht.“ Und dann sagt er einen Satz, der auch überhaupt nicht nach Georg klingt:

„Ich war eifersüchtig auf dich, ich war eifersüchtig auf Helmut. Ich habe doch beobachtet, wie ihr euch angeschaut habt, wie das in der Stunde immer ging. Wie ihr rot wurdet, wie ihr verlegen wurdet, wie das alles lief …“

Wie kann Georg so etwas sagen! Er sagt es.

„Und ich …“, will er weitersagen, „ich war doch auch …“

„Du auch?“, unterbricht sie ihn, als wollte sie es nicht hören, nicht so genau.

Zur Bestätigung nickt er: „Ich war echt eifersüchtig auf ihn. Und ich hatte so eine Wut. Der aus den Wellblechhütten da hinten, der hatte Chancen bei dir. Ich hatte keine.“

„Wegen deiner Angeberei“, sagt sie. Und hinterher sagt sie noch: „Und außerdem mochte ich eben den Helmut.“

Warum sagt sie das? Als wolle sie ein Band zerreißen, das gerade geknüpft ist.

Er pfeift durch die Zähne, als hätte er plötzlich jemanden gesehen. Mag sein, sie kann schließlich nicht hinter sich gucken. Auf einmal dreht er sich um, sagt kein Wort mehr. Lässt sie stehen und läuft einfach fort.

Anna läuft auch weiter, aber in die andere Richtung. Sie läuft nicht, sie rennt. Rennt, dass die Zöpfe fliegen.

Sie stößt einen Stein vor sich her, streift jemanden.

„Tschuldigung“, murmelt sie. Sie rennt gegen eine Einkaufstasche.

Und sie erkennt plötzlich, dass dieser Georg viel einsamer war, als sie je gedacht hat. Genauso einsam wie sie. Und das bindet sie irgendwie an ihn.

Du darfst aber nicht mit einem nach dem andern. Das tut man nicht. Eine Stimme in ihrem Innern meldet sich.

Wessen Stimme ist das? Die will sie doch nur durcheinander bringen!

Und was tut man nicht?, fragt sie zurück. Sprechen nicht? Zuhören nicht? Das tut man nicht? Das muss man aber! Sie geht weiter, langsam jetzt, setzt mechanisch Fuß vor Fuß. Und da ist auf einmal ihre eigene Stimme.

Ich tu das! Ich will. Und dabei steht das Bild von Georg vor ihr: der große Georg. Der Starke. Mit den Augen, die sie heute angeschaut haben, und der tiefen Stimme, die ihr gesagt hat, dass es ihm Leid tut, dass er es nicht vorsätzlich getan hat.

Anna weiß jetzt, was sie zu tun hat. Und Helmuts Mutter hat es ja auch gesagt.

„Ich tu das!“, wiederholt sie laut.

Schon wieder „das“, aber jetzt hat sie es ausgesprochen: Ich tu das! Ich spreche!

Und dann rennt sie nach Hause.

26

Am nächsten Morgen zupft Georg an ihrem Jackenärmel, an den Knübbelchen, die Mama so mühsam auf die Trachtenjacke genäht hat.

„Ich muss dir etwas sagen“, flüstert er. Schon wieder? Und noch einmal: „Ich muss dir etwas sagen.“

„Tu's doch“, sagt sie.

„Nicht hier“, murmelt er.

Schließlich gehen sie in eine Klassenecke. Die anderen flüstern fast: „Das neue Liebespaar.“ Gertrud tuschelt hinten mit ihrer Freundin.

Trotzdem und gerade deswegen hört sie ihn an.

Und hinten in der Ecke flüstert Georg ihr zu: „Mein Vater war gestern Abend irrsinnig wütend. Es wird jetzt endgültig einen Prozess geben.“

Georg trägt heute die blanke dunkelgrüne Lederhose und ein kariertes Hemd. Wie von selbst zieht Anna an ihrem Zopf. Sie hat die roten Spangen hineingetan.

„Es hat irgendjemand Anzeige erstattet“, flüstert Georg. „Mein Vater weiß, wer. Helmuts Mutter. Und sie hat einen starken Anwalt aus der Kreisstadt. Mein Vater ist wütend.“ Georg und sein Vater. Sein mächtiger Vater. Ist seine Macht jetzt zu Ende? Anna denkt an ihre Mama, welche Achtung sie vor Georgs Vater und vor seiner ganzen Familie hat.

„Kann dir etwas passieren?", fragt Anna. Ihr Herz klopft plötzlich. Georg, Georg, Georg. So klopft es. Anna kennt sich gar nicht mehr. Wenn Georg etwas passiert! Wenn er verurteilt wird!

Daran hat sie bisher überhaupt noch nicht ernsthaft gedacht. Jedenfalls seit gestern nicht.

Aber Georg schüttelt den Kopf. „Ich weiß nicht", sagt er. Er zögert einen Augenblick und dann sagt er: „Die Hauptaussage müsstest du machen."

Anna seufzt in sich hinein. Will er, dass sie redet, dass sie die Wahrheit sagt?

Und plötzlich bricht es aus ihr heraus: „Oder du! – Oder du machst selbst die Hauptaussage."

Hat Georg verstanden? Hat er verstanden, dass der Umgang mit der Wahrheit von ihm abhängt? Er nickt. Er versteht. Er ist ruhig.

Er sagt: „Daran habe ich auch schon gedacht. Es ist besser bei der Wahrheit zu bleiben."

Da kommt Frau Steinbrede in die Klasse. Sie huschen auf die Plätze. Frau Steinbrede macht natürlich wieder eine Bemerkung: „Anna, eigentlich solltest du dich bei deinem Platz befinden, wenn ich hereinkomme." Streng, spitz, kantig. So wie Frau Steinbrede eben ist. Aber im Augenblick macht Anna das nichts.

Und Georg und Anna schauen sich manchmal an. Über die Bänke. Nur einen Augenblick oder zwei. Und in den Augenblicken kommen sie sich vor wie auf einer Insel. Sie werden rot, wenn die andern das merken. Georg auch. Er guckt dann immer ganz schnell weg. Und sie auch, extra in die andere Richtung.

Gertrud zieht über Anna her: „Die macht das doch mit jedem!"

Wieder „das". Mit „das" kennt Anna sich langsam aus. Und doch nicht.

Sie wehrt sich.

„Was ist denn ‚das'?", fragt sie Gertrud. „Ich spreche mit Georg, weil ich ihn vorher gar nicht kannte. Und ist das etwa verboten?" Sie holt tief Luft: „Ich heirate den ja deswegen nicht …" Das hat gesessen.

Gertrud japst nach Luft. Damit hatte sie nicht gerechnet.

Und Anna liest zum hundertsten Mal, was auf ihrer Bank steht. Was irgendjemand einmal da hingekritzelt hat. Warum wohl? Bisher hat sie es für Quatsch gehalten. Jetzt guckt sie genau hin.

„Sich treffen und sich trennen, das ist das Leben."

Jetzt plötzlich begreift sie den Satz. Es war mit Helmut so

und jetzt ist es mit Georg. Sie nimmt den Stift und zieht den Satz nach in Gedanken.

Frau Steinbrede steht auf einmal hinter ihr, sieht ihre Schmiererei auf der Bank.

„Das hat Konsequenzen, Anna", sagt sie scharf.

Ja, denkt Anna, hat es: sich treffen und sich trennen und sich treffen ... Das ist das Leben. Und das hat Konsequenzen. Und sie weiß, dass sie sich jetzt von Helmut getrennt hat, um mit Georg zu sprechen, um Georg zu treffen, und dass das ganze Leben aus solchen Abschieden besteht und Neuanfängen.

In der Pause geht Anna wie von selbst zu Georg, jetzt zupft sie an seinem Pulloverärmel und flüstert ihm nur von hinten zu, während er mit den Jungen hinunter in den Hof in die Fußballecke gehen will: „Sag es nicht, sag es nicht ..."

Doch Georg bleibt stehen, er wendet sich ihr zu und will gerade sagen: „Die Wahrheit muss heraus." Da steht Gertrud plötzlich hinter ihm und sagt: „Frau Steinbrede will dich sprechen."

„So so", murmelt Georg. Sein Blick streift noch einmal Anna. Er zwinkert ihr zu. Sie nickt.

„Sich trennen und sich treffen", denkt Anna, während sie zur Treppe geht.

In der Nacht träumt Anna. Sie hat einen schrecklichen Traum.

Sie ist im Gerichtssaal. Und plötzlich wird der Georg hereingeführt im gestreiften Sträflingsanzug wie in den Gefangenenlagern.

Und er schaut zu ihr. Aber sie darf nicht zu ihm. Seine Hände sind gebunden.

Er hat alles gesagt und jetzt ist er verurteilt wegen Totschlags.

Anna schreit im Traum: Georg, Georg. Dabei wird sie wach, wenn ihm jetzt wirklich was passiert!

27

Georgs Vater hat Georg gesagt: „Die Wahrheit ist etwas, das richtet sich nach dem, was man erreichen will. Wahrheit ist biegsam."

Georg beißt sich auf die Lippen.

Ist Wahrheit wirklich biegsam? Kann man mit der Wahrheit so umgehen? Ist nicht Wahrheit Wahrheit? Sind nicht

Tatsachen einfach Tatsachen, die man nennen muss? Wobei man dann ja noch erklären kann, warum man etwas getan hat. Dass es manchmal Gedankenlosigkeiten sind, blinde Gefühle, dass man nicht ahnt, was draus wird.

Und wenn er's sagt, wird er dann verurteilt?

Wozu?, fragt sich Anna und hat wieder das Traum- und Gefängnisbild vor sich.

Zu Jugendstrafen?

Muss Georg dann ins Gefängnis?

Sie ist aufgeregt.

Jetzt ist sie dabei, sich über ihre Gefühle klar zu werden. Und der eine ist tot und der andere muss ins Gefängnis. Vielleicht.

Und sie hat wieder Angst. Immer größere Angst.

Und Georgs Vater hat noch etwas sehr Schlimmes gesagt: „Es war doch nur ein Flüchtlingskind … Setz dich da drüber weg. Junge, mach dir doch nicht dein ganzes Leben kaputt."

Georg schüttelt den Kopf, noch in der Erinnerung an das, was der Vater gesagt hat: „Wahrheit ist biegsam … und … nur ein Flüchtlingskind."

Ob Anna das genauso schlimm findet? Kann er Anna das alles sagen? Er schämt sich.

Und ist das nicht Verrat an seiner Familie?

Hat er nicht schon genug Schuld auf sich geladen? Er gerät

von einem Verrat in den anderen. Und eine Lüge verdeckt die andere. Georg fühlt sich schlecht. Er möchte mit Anna reden. Er muss mit Anna reden.

Schließlich zupft er Anna wieder an ihrem Jackenärmel und sagt geradeheraus: „Ich werd alles sagen."

Das kam ihm auf einmal, wie von selbst, als er Anna sah. Da wusste er, was er tun würde. Er würde sprechen. Alles erzählen.

Und die Richter würden abwägen.

Ist sein Leben nicht kaputt? Wenn er gesteht? Und auch wenn er lügt?

Ist sein Leben nicht auf jeden Fall kaputt?

Kommt er ins Gefängnis?

Ja, er hat getreten. Aber er ist noch ein Kind. Und er stellt sich gegen seinen Vater.

Er wird aber sagen, dass es nicht Absicht war, dass er Helmut nicht töten wollte, dass er nur Wut hatte. Einfach Wut. Und Eifersucht. Und das ist die Wahrheit.

Und doch: Was ist die Wahrheit? Immer wieder die Frage.

Hat jeder seine eigene Wahrheit?

Hört die Wahrheit des einen auf, wo die Wahrheit des anderen anfängt?

Seine Wut. Seine Tritte.

Seine Wahrheit.

All das steht im Raum.

Georg spricht. Georg sagt alles. Es ist verzeichnet in den Protokollen. Georg unterschreibt. Und die Zimmerdecke ist oben. Kalkweiß. Fensterrahmen. Und dahinter der Himmel. Schwarze Wolken und Wind. Es bewegt sich etwas.

Anna schaut den Georg an. Auch in der Stunde danach. Anna weiß jetzt, dass sie ihn irgendwie mag. Den Georg, der geweint hat, den Georg, der gesprochen hat. Den Georg, der sich stark gezeigt hat. Anders stark als vorher.

Auch den coolen Macho, den versteht sie jetzt wenigstens mehr. Auch wenn sie ihn nicht mag. Aber so ist das wohl mit den Menschen. Das hat ihre Mama auch mal gesagt, dass man Stücke von ihnen besonders mag und andere Stücke überhaupt nicht. Und dass sich all das mischt, das Mögen und das Nichtmögen. In allem, was mit Menschen zu tun hat.

„Sich treffen und sich trennen und sich treffen … Das ist das Leben."

Sie liest es wieder auf ihrer Bank.

Sie hat dafür nachsitzen müssen. Und ihre Eltern haben einen Brief bekommen von Frau Steinbrede.

Mama hat den Kopf geschüttelt. Sie hat geseufzt: „Für so

einen komischen Satz." Und sie hat den Arm um Anna gelegt.

Und Papa hat gesagt, dass der Satz stimmt, den sie geschrieben hat, und auch noch, dass man nicht auf Schuleigentum schmiert.

28

Im Gerichtssaal der Kreisstadt brennt das Licht. Die Türen sind verschlossen, da eineinhalb Stunden vor Prozessbeginn schon der Saal voll ist bis auf den letzten Platz.

Die ganze Stadt hat sich dorthin begeben: Helmuts Mutter in der ersten Reihe der Zuschauerbänke, Annas Eltern fast hinter ihr.

Reporter, Unbeteiligte, Klassenkameraden und Lehrer. Auch Herr Brate. Er rollt ein Papier in seinen Händen auf und zu. Immer wieder. Ist es Nervosität? Schließlich ist einer seiner Schüler dort angeklagt. Wenn er auch meint, dass er keine Strafe bekommt. Oder eine Jugendstrafe auf Bewährung. Auf Grund seines Geständnisses und wegen seines

Alters … Wegen seiner Beziehungen, das wird auch gemunkelt. Herr Brate zieht die Schultern hoch. Was ist Gerechtigkeit? Können Menschen sie finden?

Er schaut nach hinten, nickt mit dem Kopf, grüßt, lächelt, obschon ihm nicht nach Lächeln zumute ist.

Die Richter betreten den Saal. Erst ein Raunen, dann Schweigen.

Die Sitzung wird eröffnet, die Anklage wird verlesen.

Georg steht vorne mit blassem Gesicht und gesenktem Kopf.

Sein Anwalt neben ihm. Der Vater hat einen guten Anwalt, auch einen Bekannten aus der Kreisstadt, hinzugezogen.

Die Klägerin, Helmuts Mutter, tritt mit ihrem Anwalt vor.

Fragen – Antworten – Zögern – Weinen.

Zeugen werden in den Zeugenstand gebeten. Mit seltsamer Behutsamkeit werden Sätze geformt. Selten gibt es schneidende Töne, auch keine Schuldzuweisungen. Georgs Aussage. Sein Weinen. Annas Zeugenaussage. Ihre Stimme zittert.

Als sie aus dem Gerichtssaal kommt, nimmt ihre Mama sie in den Arm: „Gut gemacht, Anna." Sie drückt sie ganz fest an sich, als wolle sie sagen: „Ich bin stolz auf dich, Anna."

Anna kuschelt sich an Mama. Sie atmet Mamas Duft und Wärme ein, sie schmiegt sich an sie. Das tut Anna gut und Mama auch.

Die Tür des Gerichtssaals geht wieder auf. Neue Zeugen, Klassenkameraden. Aber Anna ist die Einzige, die wirklich alles gesehen hat. Und die meisten haben auch Verständnis dafür, dass sie zunächst geschwiegen hat.

Die hohen, getäfelten Wände, der gebohnerte Fußboden, die knarrenden Holztreppen, die mit ihrem breiten Geländer den Weg nach oben zeigen.

Anna hockt auf der Bank vor dem Gerichtssaal. Sie spielt mit ihrer Zopfspange. Die Szene tanzt noch einmal an ihren Augen vorbei. Sie atmet tief durch. Sie ist zufrieden. Wolken vorm Fenster. Sie entladen sich.

Die Tür des Saales öffnet sich, Menschen strömen heraus. Zurufe, Grußworte, Verabschiedung.

Aufgespannte Schirme, startende Autos, Pfützen, Regen. Geräusche, die die gespannte Stille übertönen.

Der erste Tag, der zweite Tag, der dritte Gerichtstag schließlich.

Der Saal ist wenn möglich noch voller als sonst.

Wolkenspiele vorm Fenster. Regen, auch Sturm. Plädoyers, hin und her. Gespannte Stille im Saal. Für morgen erwartet man das Urteil.

Vor der Tür des Gerichtssaals treffen sich Helmuts Mutter und Annas Mama. Sie geben sich nur scheu die Hand.

Annas Mama sagt: „Heute und morgen gibt es ja noch einmal Durchsagen. Ich wünsche Ihnen, dass Ihr Mann dabei ist."

Anna ist das peinlich, dass ihre Mama so etwas sagt. Und sie freut sich. Mama ist manchmal so anders. Helmuts Mutter will etwas antworten. Sie überlegt es sich anders. Dann sagt sie doch: „Es tut mir fast Leid für Georg", sagt sie, „jetzt der Prozess und dass ich ihn herbeigeführt habe."

Sie zögert: „Der Georg ist ja schließlich auch noch ein Kind, genau wie Helmut."

Tränen treten ihr in die Augen. Sie wendet sich ab.

„Hoffentlich kommt Ihr Mann heute Nacht mit dem Transport."

Mama will ablenken. Helmuts Mutter und Mama geben sich noch die Hand. Dann gehen sie auseinander.

Am folgenden Tag wird das Urteil gesprochen.

Anna sitzt vor der Tür auf ihrer Bank. Plötzlich öffnet sich die Tür. Reporter springen heraus.

„Jugendstrafe auf Bewährung", das ist das, was Anna auffängt. Und sie fängt andere Stimmen auf: „Das ist nur …, weil er zu den oberen Zehntausenden gehört." – „Die arme Frau, ihr wird wenigstens ein bisschen Recht getan." – „Entschädigung!" – „Man sollte sofort Einspruch einlegen!" – „Unverschämtheit!" Aufgebrachte, wütende Stimmen um Anna.

Da kommt Georg. Eine ganz Traube von Menschen um sich.

Aber vor Anna bleibt er stehen: „Danke", sagt er, „dass du zu mir gehalten hast."

Dann wird er weitergeschoben von der Menge.

Anna geht nach draußen, vor das Gerichtsgebäude.

Der Regen hat aufgehört.

In der Stadt ist Aufruhr.

Frau Püffgen steht plötzlich vor ihr:

„Wie geht es dir, Anna?"

Sie schaut in Frau Püffgens Augen.

„Ich bin durcheinander", sagt sie, weil sie weiß, dass sie das zu Helmuts Mutter sagen kann.

„Ich auch", sagt Helmuts Mutter. „Du weißt ja: ich war die, die Anzeige erstattet hat. Und dann tat es mir Leid. Denn Georg ist doch noch so jung."

„Trotzdem", sagt Anna. Sie weiß nicht, warum.

„Aber dieser Aufruhr jetzt", sagt Helmuts Mutter, „die Leute sind nie zufrieden."

Sie zögert.

„Aber vielleicht haben sie Recht." Sie überlegt. „Wäre

nämlich Helmut angeklagt gewesen, wäre er wahrscheinlich verurteilt worden. Gerechtigkeit ist biegsam."

„Sind Sie jetzt böse?", fragt Anna.

„Nein", Helmuts Mutter schüttelt den Kopf. „Nein."

Und nach einer kurzen Überlegung sagt sie: „Es ist gut so. Die Wahrheit ist heraus. Mehr wollte ich nicht."

Sie will weiter.

Anna geht und bleibt schließlich stehen: Die Wahrheit ist heraus. Jetzt muss sie nicht mehr rennen.

Wolken treiben. Dazwischen blitzt die Herbstsonne. Anna schlendert weiter. Sie kaut auf ihrer Haarsträhne. Porzellanhaut und blaue Augen. Offener Himmel. Sie ist zu Hause. Sie klingelt. Der Vater macht auf.

Elisabeth Zöller

Geboren 1945 in Brilon (Nordrhein-Westfalen), Studium Deutsch, Französisch, Kunstgeschichte und Pädagogik in Münster, München, Lausanne.

17 Jahre an verschiedenen Gymnasien tätig. Seit 1989 freischaffende Autorin, Veröffentlichungen zahlreicher Kinder- und Jugendbücher in verschiedenen Verlagen.